洋盘

迈阿密青年
和
上海小笼包

Outsider

**CHRISTOPHER
ST. CAVISH**

[美] 沈恺伟 著
于是 译

文匯出版社

新经典文化股份有限公司
www.readinglife.com
出 品

你为什么还在这儿？

杨樱

我每次在微信里找 Chris，总是会忘记他很正式地叫自己 Saint Cavish。第一次见面的时候问过他这个姓氏到底有什么说法，他不置可否，只是说他父亲似乎查过，祖上也许和东欧一带地方有点关系。那次见面他提及更多的是外高祖父，一个在北京的传教士。他和他的家族在北京办过学校、盖了座挺大的教堂——现在还在，离同仁医院很近，而外高祖父创立的眼科已经成了医院的一部分。他妈妈第一次来中国，他带她去那个教堂，走到那儿妈妈就开始用中文数数：一、二、三……是遗留在遥远记忆里的家族对话，妈妈的父亲，也就是 Chris 的外公在北京长大，精通中文，回到美国有什么不想让儿女知道的家庭对话，可能就会临时切换到中文。只言片语漂移到了母亲的额叶里，又在数十年后在它的母语区闪回。这些家族史与 Chris 来中国的理由无关，他是到了这里才知道的。不过 2020 年我们见面那会儿，正好赶上他重新整理自己的人生：我应当如何看待自己，和我的祖先相比，我在这儿到底干了啥？

要不要写个"远东往事"？我开玩笑。那时候我们坐在常熟路Totino Panino，一家很正点的意大利三明治小店。主厨一条大围裙刚够系住腰身，见Chris进门就从柜台后面走出来抱住他。Chris说他在大馆子做了十几年总厨，烦了，余生只想开个属于自己的帕尼尼店。Chris给上海大大小小的饭馆写评论，知道各种厨师的人生秘密。

当时"小鸟文学"启动在即，我四处找人写专栏——要那种一口气写一年的主题——想到了"好奇心日报"报道过的这个美国人。大家都知道他用游标卡尺评测小笼包，却很少知道他最大的兴趣是和上海各路角色聊天：路边敲生铁锅的大叔，什么人在卖骆驼奶，回收垃圾的人到底如何生活……他中文说得不错，对东亚社会那些曲曲绕绕也挺在行。有一次我们在宁波吃路边馆子，点菜全靠手指，灶台辟出一块摆几个小菜搭配，剩下都是小海鲜，有啥吃啥。吃到某个微妙的时间点，Chris钻进后厨，我以为他职业病发作，又去做调研，喊老板结账的时候才知道，刚刚老外过来感谢他，还把单买了。可以啊，宁波老板挺高兴。

其实我哪里知道Chris有什么"远东往事"，这个名字一半出于戏谑，一半确实认为他不会没有故事可讲：一个在上海住了近20年的外国人，他过着怎样的生活？我们说起20年前的上海——蓄势待发而万物尚且淳朴——那会儿他在干什么？是什么让他待了这么久？这么多年，这个城市这么多变化，他感受到的是什么？

总归有的好讲，应该也能讲得不差。约专栏的时候想的就是这些。

"可以可以，这个我可以说。"这两句话后来成为Chris那个叫作"局外人"的专栏交稿前的保留回答。它的上文通常是我提问后引发的对话：你住过哪些房子？你为什么会从一个厨师变成一个撰稿人？啊，你怎么看在上海的其他外国人，新来的久居的，你们之间的社交是什么样的？Chris欣喜愉快，觉得这些确实都可以谈谈，尤其是后面那个问题。(Oh，我们都属于expats，生活在一个"泡泡圈"里。)我们——我和Chris专栏的翻译于是——都觉得他写的细节新鲜。认识挺多外国朋友，好像从来没人展开讲讲这些？

我也没读到过这些。一个久居上海的外国人的当代生活。美国人梅英东写过北京胡同（《再会，老北京》），何伟写了涪陵（《江城》）和很多地方，史明智写过上海（《长乐路》），但都不是自己的生活。倒是有一位叫扶霞的女士写了自己如何在成都学做菜（《鱼翅与花椒》），但是她真的主要在谈做菜。你可以从一个叫SmartShanghai的网站窥视到外国人在上海的吃喝玩乐选择（以及更有意思的，是他们谈论刚出现的摩拜单车和微信支付时候的口吻），但终究没有人以一种拉家常的口吻，说一说自己如何应对这个大都市的起居饮食社交衰病，一切必要，一切非必要。

从这个角度说，Chris写的东西可算史料补白。

Chris信守诺言，"局外人"每月一篇，从2021年1月一直写到年末。2022年3月23日，我们有过一次微信聊天。两个有点惶惶的人交流彼此的小区是不是还进出自如，是不是还敢在办公室继续上班。再下一次联系已是4月14日早上8点50分。我们交换了彼此的生存状况（都还行），心理状况（都勉强还行）以及对整体的感受（肯定不行）。

Chris在那年春夏写完了这本书。他有一回说自己很难写下去，因为要回忆以前的那个上海，在那个时候进行回忆让他觉得有点残忍。但是他不得不写，因为这是让自己保持镇静的唯一方式：至少有事可转移对当下的注意力。

我们再次见面要到秋天。我们坐在咖啡店外面，店员很好心，无法堂食，给了两个小马扎。Chris不喝咖啡，去隔壁老山东水果店买了个大红心柚，老板在柚子皮上划了一刀，他一边撕扯着柚子，一边跟我讲他的生意糟透了。Chris原本有个餐饮咨询公司，顾客是上海的西餐馆，他以自己的长居经验和媒体身份为他们提供建议。随着西餐馆大量关闭，客人也大比例置换成了本地人，这生意做不下去了。那时他琢磨着应该研究一下小红书，没准可以打个信息差，挽回一两个还停留在大众点评时代的客户。

还有他妈妈。他在上海一直很平安，以至于还没学会报喜不报忧，这么一折腾，又把自己经历了啥如实汇报，老太太心惊肉跳，觉得还不回家简直不可思议。Chris 觉得自己傻，不是不走，而是说了大实话。他说自己是走不了的，在这里太久了，迈阿密于他还不如上海来得熟悉。这个他估计不会告诉他妈妈。

"小鸟文学"出过一期特刊，叫《大声》。征集大家最想"大声"说出的话。问了 Chris，他也参加。

Chris 发过来的只有三排英文，是首诗：

Surprised: Where have you lived?

Not surprised: Why do you take it?

I hurt both ways.

过了会儿，他把冒号前的部分全部去掉了。

Where have you lived?

Why do you take it?

I hurt both ways.

我琢磨着里面的情感。Chris 补了几句解释，他说无法回答任何这类问题："你之前为啥来？"或者，"你为啥还在这儿？"或者，"你为啥这么惊讶，你都在这儿住这么久了！"这都是春天以来形形色色的人会问他的。

这几个问题再度浮现在我们的对话里，是 2023 年的夏末。

V

Chris 很郑重地找我去家里吃晚饭。番茄罗勒意面。简单却意外地好吃。他把一条帕玛森芝士在面碗上擦来擦去,芝士薄片落在面上,又被热气熏软。我差点忘了他的本职是个厨师。伴随鲜美食物出现的是严肃的问题。"所以……"他有点犹豫,并且决定切换成英文以便更准确:"你怎么看待现在的状况?走不走?如果不会,那你要怎么……"

我一时没说话。不是因为问题太大,而是因为我觉得问答双方好像错位了。应该是我来问他这些问题才对。当然我也不用问,因为我知道他自己已经问过自己很多遍了。Chris 对这个待了近 20 年的地方有一种奇怪的怀旧,这里不是他乡,也不是故乡,而是某种让他的生命热情得以持续的地方,比如说,中国的食物。

他家里挂着一幅龙飞凤舞的长卷。他说是 7 个字,让我猜。我本应该想到的,但当时毫无头绪。那上面写的是:柴米油盐酱醋茶。

他可以讲很多故事,比如这幅画是怎么来的,比如另一幅巨型照片里闭着眼睛微笑的拉面师傅是怎么回事。至于那首诗,那些问题,他回答不了。

2012，亚斯立堂。这座教堂是洛瑞家族的传教士们在一个多世纪前建造的。我们与中国曾有深厚的渊源，而我竟一无所知。

2006，静安别墅。这是我在上海租的第一套公寓，那个红砖里弄石库门现在是模范单位，当时还是个充满市井活力的社区：有卖鸡蛋的，有裁缝，有蔬菜摊，有上班族的小食堂，有麻将室，还有挤在主路上的水果摊贩。

2009，在虹口骑行。那时我们几乎每星期都会在夜里出去玩，10 到 12 个人一起到泡泡圈外探险。我们自称"午夜骑行俱乐部"，一口气骑几个小时。我们探索，我们发现，像出租车司机那样熟悉这座城市。

2012，在夜店打碟。

2015，上海市区最后的手工锅匠陶师傅。他坐在路边的折叠椅上，面前摆着几口银色铁锅，乱七八糟的铁匠工具随手摊开。工具带上挂着一台收音机，正在嘈嘈杂杂。

2015,散步时偶然发现的张银娣的自营小卖部。玻璃墙上排布着好多啤酒,都是我从未见过的牌子。我觉得她和之前写过的"牛油果阿姨"很登对,就开玩笑地给她起了个雅号:"啤酒阿姨"。

对于在中国已经住满 10 年的我来说,从来没有像 2015 年 4 月《上海小笼包指南》面世后的那几天那样觉得自己被这里接纳了。

目 录

你为什么还在这儿　杨樱　○　I
自序　○　i

第一章

2005，我的第一次中国之旅　　3
只不过再待一年式生活　　17
骑着挎斗摩托探索中国　　28
泡泡圈　　39

第二章

第一次听闻家族的故事　　55
寻根　　59

第三章

在几种职业间横跳　　81
西递古镇的婚礼　　96
《上海小笼包指南》前后　　111
在上海的第十年　　122

第四章

1900 年，被困在京城的传教士　135
他们在中国的岁月成了历史　152

第五章

牛油果阿姨与啤酒阿姨　161
上海的最后一代手工锅匠　170
关于拉面，我懂得很多　186
美食是最好的借口　196

第六章

是的，我们从来不谈这个　225
再给我一些时间　239

尾声 ○ 247

后记 ○ 255

附录 ○ 261

自序

我没打算待这么久。打一开始，我就没打算来。这是一个意外。没错，说起本人家族的渊源，我与中国的关联可以追溯到 100 多年前——但当时的我一无所知。没错，那么多年前，我还曾天真地以为自己不会卷入蓬勃发展的中国经济大潮，那时的我只是个在香港找工作的年轻厨师。

甚至等我来上海后也这么想。那时正赶上 2005 年夏天的一场台风，我以为自己大概会待一年，也许更短。一年过去，第一份合同到期续约——我不想续约，也没签字——我满心以为自己会潇洒地离开，骑着那辆挎斗摩托车，从中国的一个角落移动到另一个角落，然后回到迈阿密，管它哪家店，总有一个厨房会留用我。

那都是 18 年前的事了，可我还在这里，在上海。我叫沈恺伟（Christopher St. Cavish）。当了 10 年专业厨师之后，现在的我还是个作家，写作是我的第二份职业。

有些事，我始终守口如瓶。其实心里一直都明白，我早晚会讲出来的，但时机永远不对。我一度把私人生活屏蔽在写作之外，只写和美食相关的内容，绝口不提家族故事，不让任何人知道。我觉得讲这段往事有点自吹自擂的意思，但凡我了解了个中细节，肯定会想讲给别人听，所以我索性不去想。要忽略眼前的生活就难多了，但我已把黑暗的情绪、苦涩的感受都咽下肚了，只愿能把它们全部忘光。美食写作很有限定性，严格来说就是写餐盘里的东西，仅此而已。我坚定地捍卫这一原则。

但写了很多年的主观评论后，我开始厌倦用第一人称"我"。我想探索新的方式去表达观点：谈论的还是老话题，但写法要换新。于是，我揣着一套卡尺和一只电子秤，去了陋室小笼包店。结果，我完成的这个艺术项目/另类餐厅指南在网上迅速扩散，在电视、广播、报纸和社交媒体上成为热议的话题，我也因此收获了几个重要的好朋友，情谊至今仍在。

那阵子，我在写作时彻底剥除了第一人称的主观性，但奇特的是，那反而给了我一种自由，能让我在字里行间展现更多的自我。在中国写文章、当编辑10余年后，我终于找到了一种新鲜的写作声音。这一次，我把自己放进了故事，不再只写白色餐盘里的食物——确切地说，除此之外，别的一切都成了我书写的对象。

那时，我跟访一对手工打造炒菜铁锅的兄弟已有10年了，还在区区几公里外新结识了一位锅匠。我把做《上海小笼包指南》时认识的摄像师也拉入了伙，这位摄像师一直在找新素材，我们就又开始合作，拍摄3位锅匠的故事。兄弟俩拒绝在镜头前开口，但另一位孤独的锅匠却非常乐意有人听他讲述过往的一切。生活不易，他讲了15分钟的坎坷往事就忍不住哭了。

他的妻子发现我们在上海的老巷子里拍摄，而她丈夫的脸上布满泪痕时，大发脾气，把我们赶跑了，这让那个可怜的锅匠觉得很丢脸。她说，外人不会想了解他的问题，他们家的悲剧只是他们自家的事。我们制作了一段视频，发布了，我还写了一篇关于上海市中心消失了的锅匠的文章，尤其写了那位被骂了的锅匠。那是关于"人"的故事，是从偷偷摸摸的采访中收集到的——我们再也没有第二次机会了。那与我通常写的东西有着天壤之别，却更接近某些慢慢开始指引我写作的想法，以及我对人生的大哉问：我们在哪些方面是相同的，在哪些方面又很不同？这其中有多少归结为文化的不同，又有多少归结为天然的人性？在食物的背后有哪些"人"的故事？

几年前，"小鸟文学"找到我，邀我为这个崭新的文学APP写文章，我问他们是怎么找到我的，我能为他们提供什么文章。他们说，是锅匠的故事打动了他们。我主要在网上写作。只要按下发布键，一篇文章就从我手中离去，进入互联网空间，通常就这样结束了。我很少得到反馈，也不知道那些文字最后会出现在谁的眼里。但是锅匠的故事引发了我的共情，事实证明，也引起了其他人的共鸣。

"小鸟文学"给了我一个空间，让我讲出生活里发生的故事，关于普通人的悲喜交集、善恶兼有的故事；而且，用另一种语言发表这些故事带来一种匿名感，能让我放心地讲述个人的秘密。新经典文化出版方给了我更大的空间，让我不再忽视家族渊源，终于推动我去挖掘祖辈在北京的人生细节，去发现他们忍受了什么，以何为重，那般艰辛是为了怎样的理想。这本书披露了我多年来一直让自己不去触碰的那些秘密。

沈恺伟
2023 年夏

Chapter
01

第一章

2005，我的第一次中国之旅

撑一年没问题。上海是个大都市，对吧？

2005年，我在一个炎热的夏夜降落在浦东国际机场。酒店派了一辆车来接我，我跟着司机走进夜色，完全不知道我们要往哪儿去，不知道我接下去一年的生活会走向何方。我们走向车的那段路上，潮湿、滞重的空气压得我喘不过气来。这是我第一次来到中国大陆。我只带了一只小行李箱，有一份厨师的活儿在等着我，但我完全不知道自己在做什么。

我对上海一无所知，对中文一无所知，讲真，对大部分事物都一无所知——当时我24岁，驶出机场的那一路上，我也几乎一无所见。

夜很黑，高速路边没什么灯光，下高速驶入小路后，两边的灯光甚至更稀疏了。

15分钟后我才搞明白：机场不在市区附近。

2000年初，身为年轻厨师的我以背包客的方式游历了东南亚，还顺便去香港探望了家姐。她的客户开着黑色奔驰来接我们,停在一家又脏又破的火锅店前。荧光灯亮得刺眼,男人们吞云吐雾,餐桌笼罩在香烟的烟雾里,端上桌的活虾被插在竹扦上,眼看命数将尽却那么生猛,拼命地摆动腿脚。

别的夜里,我们登上九龙的玻璃幕墙摩天楼,窝在时髦餐厅的座椅里,沉浸在18楼俯瞰到的中环夜景之中。白天,我们去扫外贸尾单,在旺角吃炸云吞。

我爱死香港了。既不是彻底的西方文化,也不是彻底的中国文化。香港个性独特,是一种"第三类文化"。感觉特别新鲜,我想在那儿闯荡一下。迈阿密让我厌倦了,从小到大混过的城郊让我腻味了,在从未到过亚洲的厨师们手下学做亚洲美食也让我烦透了。我想直捣黄龙。

前一年,我曾试图去利马,但没办成;我在南美洲挨了整整3个月,想家想得要命,最终还是放弃了。以后再试试吧。香港不错。我说,有朝一日我要待在这里。

坐在车里,驶出机场30分钟后,我开始紧张地检索自己所知的有关上海的稀少信息,基本上只能归结为8个字:城市很大,灯火通明。

去过香港后,我回到迈阿密,琢磨着怎样才能跨过大半个地球找到一份工。那时候的互联网还很低级,厨师们又整天待在厨房里,不会泡在网上。

在佛罗里达就没问题。我挑中了迈阿密最好的餐厅,找了个大清早,走进餐厅的后巷,找到了厨房后门,敲了门。开门的是个魁梧的意大利男人，问我想干吗。"找工作。"我说，"我想和主厨谈谈。"30多岁的行政主厨来了，显然正在忙什么事，却被我打断了。"我想在这里工作。"我说。他歪了歪脑袋，打量我。"我可以不收钱。"我主动提出这个建议。他想了想，叫我第二天再去。我就这样找到了一份工。

我不是那家餐厅里最优秀的厨师——连边儿都挨不上——但我很有自信：免费工作几天后，餐厅肯定会正式雇用我的。我还是挺棒的。果然，他们第二天就雇我了。后来，我在那儿干了3年厨师的活儿。

所以，我暗自揣测，如果我没法联系到半岛酒店的主厨，那就使出杀手锏：直接杀到他的后门，主动提出免费打工。这一招屡试不爽。我卖掉了在迈阿密骑的摩托车，处理掉不太多的几件家什，和亲朋好友告别。我要再试一把。

问题在于：半岛酒店的后门并不通向厨房，而是酒店数百名员工的入口，而且设有摄像头监控。我到香港的第一天就发现了这件事，时差还没倒过来，昏头昏脑，有点茫然，不知道下一步该怎么办。

我回到廉价青旅，另做打算。照我的想法，我只需要见到主厨，自我介绍，他显然就能看出来我的天资禀赋，当场就会把我招入麾下。最坏的结果无非就是免费打一阵子工。但我需要面对面地见到主厨。

要想面对面很难，难就难在半岛酒店的主厨身边有很多人——副主厨、秘书、餐饮总监,把通向他的各种途径都堵得严严实实。我打过电话,装成奶酪或葡萄酒的供应商,想骗过电话那头的秘书们。没用。我等在大门外,希望能在主厨上班时堵住他。也没用。我绞尽脑汁,想用别的办法和他说上话。都没用。

彻底没辙了。现在回想起来,就算我当时找到了主厨,也不会心想事成。半岛酒店里满是一等一的好厨师——非常优秀的中国厨师——那个酒店根本不需要一个不会说粤语、更没资格在香港合法工作的年轻白人。

一败涂地的我灰心丧气,萎靡不振。我在图书馆泡了好多天,因为我只能找到那地方可以上网,发发思乡情切的电子邮件。我想与住在隔壁客房、吸粉吸到嗨的巴西模特交朋友,但也只是想想而已。夜里比较凉快,我在香港市区瞎逛,每顿饭都是独自一人吃的。钱快用完了,我不知何去何从。

然后,我想到了曼谷。吃泰国食物可以省点钱,说不定我还能在那儿找到工作。我所谓的"计划"就是这么粗线条。

转机就出现在去泰国的飞机上。我和邻座的男人聊起来,没想到他刚好也是厨师,加拿大人,在曼谷的一家五星酒店里工作。他说他在这片地区人头挺熟的;仅仅过了几周,他就帮我和某人打了招呼,我立刻飞回香港去面试。

港岛香格里拉餐饮总监的名字我听过就忘了,但永远不会忘记他给我留下的印象。他站在 10 英尺高的地方,一身无可挑剔的西装，银色袖扣，衣襟上别着一枚香格里拉酒店的金色徽章；他看着等在大堂的我——穿着本人最好的（打过补丁的）牛仔裤和（脏兮兮的）T恤——难掩鄙弃的神色。他指了指我，转向他的助手，确认他下来面谈的对象真的是我。"就是他吗？"他问道，带着欧洲口音，然后上下打量着我，在我身边坐下。

我向他讲述了自己的情况，包括之前的经历以及我为什么来香港。他点点头，叹口气。"好吧，我会和我们主厨谈一谈，可能会有什么活儿。但你先听我一句。你必须把自己收拾干净。下次你再到这儿来，"他冲着我用手比画了一下，"要比这次像样一点。"想当初我在迈阿密也是一身邋里邋遢的破烂牛仔、朋克摇滚T恤，还以此为荣呢。但在重商而保守的香港，这身打扮让我无地自容。

我在图书馆死等，一刻不停地查看邮箱，想等到餐饮总监给我回复。终于，他发了我一个与主厨面谈的日期，我二话不说直奔Calvin Klein专卖店，掏出最后几张大钞，买了一套新西装——我这辈子拥有的第一套西装。还剩了点零钱，我又去湾仔一家时髦的发廊理发，光剪还挺便宜的。我的样子太可笑了。

第二天，我穿着新西装，梳好新发型，二度迈进香格里拉酒店的大堂。助理推开了大堂边的一道暗门，我们走上了亮堂堂的服务专用通道。她带我绕到了主厨的工作区。只见一位巨人般的欧洲男士身穿一尘不染的白色厨师服站在那里，正在等我。他是瑞士籍的德国人,堪称酒店餐厨界的老将,讲起话来口音很重,抑扬顿挫,是习惯发号施令的人特有的腔调。他对我进行了一番说教,又问了我两个问题,当时我们正面对面地坐在他沉重的黑色桌子边。"小子,"他说,"你说你想在亚洲工作。你去过印度吗?"

"没有,主厨先生。"

"小子,那你去过中国内地吗?"

"只来过香港,主厨先生。"

"那……"他把这句话拖得好长好长,"你要去中国内地。我想我可以在那儿给你找个活儿。"

那大概就算最终判决了吧。我完成了这场面谈。行吧,虽然没能达成此行的目的——在半岛酒店找到工作——但也不算空手而归,这位欧洲前辈会助我一臂之力,去中国内地。我不用走投无路地回迈阿密了。

之后还有好几次面试,面试我的就是即将成为我老板、让人抓狂的法国总厨。我们通过电话进行了交流。他知道我在迈阿密工作过的那家餐厅。他需要更多人手。我很年轻,开价也很低,虽然我没有主动提出免费工作,但酒店愿意给我工作签证,给我的薪水和中国厨师一样多。上海并不是我的预期之地,但真的很近,又是个现代化的大都市,和香港差不多,对吧?

在接机车上坐足45分钟后,我有点慌了。我们依然行驶在小城镇和乡舍间。难道我犯了个天大的错误,接了一份在荒郊野外的工作？上海看起来比我想象的小太多了。我们经过的楼房最高不过5层楼。摩天大楼都在哪儿？

一小时后，我们拐了个弯，进了陆家嘴。东方明珠塔身上的粉色灯光已经熄灭了，但塔身依然很高。比刚才那些高得多了，高太多了。这才是大城市嘛。还有一条河。挺好。我在这儿待一年应该没问题。

* * *

浦东香格里拉大酒店很豪华，我从没住过那么好的客房，靠枕堆成山，浴室里有雨淋式花洒。这是酒店的第二座塔楼，还要过几个星期才正式对外开放，届时，这就将是全上海规模最大、野心也最大的酒店之一。在新楼的顶层，36层，将开设一家法式餐厅旗舰店，管理者是一位来自法国南部、并不很出名、烹饪理念超前的厨师。

次日，我在早餐时段见到了保罗。新楼供应的早餐自助餐真让我大开眼界，十几个厨台同时烹制不同地域风格的食物，厨师是哪个国家或地区的，菜式就是哪个国家或地区的。即便只是早上8点，即便我自己就是厨师，也被这等琳琅满目的丰盛震慑住了。

保罗·派瑞特40多岁，穿着匡威运动鞋，戴了帽子，牙齿泛黄，显然是因为抽多了没有过滤嘴的香烟，看起来不太像人们普遍印象中的大厨。他说话带浓重的法国口音,语速很快,尖酸刻薄,他好像要把我看透,以便明白他把什么样的人、什么样的事招进了他的厨房。我让自己来了亚洲,但让我来上海的人是派瑞特。这不太妙。

吃过早餐,我们去厨房看了一圈,有些设备还没到位,但整间厨房的中心区域已安置了价值百万美元的 Molteni 炉灶——堪称厨房灶具中的法拉利。这套 Molteni 是定制的,固定在加固地板上,围绕它的整间厨房的每个细节都是现代化的,还配备了昂贵的蒸汽炉、压力蒸锅、达到医疗级别的防爆冰箱和各种小器具。我只想做美食。但派瑞特还有别的想法。

第一个月最糟糕。作为厨师,派瑞特绝对算个天才。后来,他开的概念餐厅 Ultraviolet 摘得了米其林三星,他还因在电视节目里频频露面而在欧洲成为家喻户晓的名人。但回到 2005 年,他只是个 40 出头、默默无闻的资深厨师,得到了天赐良机。他有很多才能,要向全世界证明自己。

厨房就像一只高压锅。派瑞特大喊。大叫。再吼一通,冲出厨房,沿着走廊骂骂咧咧地回他的小办公室。他很公平地侮辱了每一个人,叫我们蠢驴、臭猴子,问我们的亲娘何必自找麻烦地把我们生出来。

统共几十名员工,却没有一个人能用他希望的方式去烹饪,用数字温度计、超低温冰箱和凝胶,用完全陌生和未知的方式制作经典的法式酱料。这个厨房像个实验室,但我们都不是科学家。学习任务太艰巨,很难很快掌握。我们没时间去学。我们只能去做,失败,被骂,然后努力别再失败,不再被骂。

这家餐厅可以成就他,也可能毁掉他的职业生涯。在巴黎时,保罗有幸得到一位大名鼎鼎的法国厨师的青眼,一开始就是那位名厨和这家酒店建立了联系,后来才把机会让给了保罗。不管对他的声誉还是社交关系来说,成败都在此一举。但厨房里全是新手,他要交出的美食都在我们这群分子料理小白的手里。

餐厅的环境极尽奢华,设计师是美国人,挺出名的,但贩卖的都是陈词滥调。餐厅配有直达电梯,客人可以从大堂直接抵达36层楼,一出电梯,你就会看到头顶悬着一盏巨大的吊灯。设计师说,由小球构成的这盏吊灯的灵感源于稻米。

从电梯出来,会有一条白色的大理石走廊延伸到拐角。落地窗从地板直抵天花板,看出去,就能望见下面的施工现场。数百名工人围着沉入地面的巨大立柱忙忙碌碌,打造地基,后来,在那儿拔地而起的就是如今的"开瓶器"——上海环球金融中心。

一个街区之外,高尔夫练习场的球网向高空敞开,打飞的高尔夫球会被网拦截,因而打不到摩天大楼。这个练习场只是暂时的,但我们当时不知道;多年以后,我早就离开陆家嘴了,这个街区也开始大兴土木,最后建成的高楼比绿色的球网高得多得多——如今128层高的上海中心大厦。

那些年,陆家嘴几乎不分白天黑夜。深夜下班时,我能看到焊接时的火花从高楼侧面飞溅下来，直落几十层楼，像橙色的萤火虫在空中飞舞。建筑工程全天推进，24小时不间断。打光灯照亮了工地。2005年，陆家嘴遍地都是工地。

每个人都说这儿的开发是大事件，形势大好。老一辈的酒店经理们都在议论要不要在附近买房。房价已经高得离谱了，他们抱怨说——每平方米3万块！在浦东！这种房价肯定是虚高，是泡沫。可是，那些公寓现在都已价值千万了。如果那年我买了一套房，就一套，今天的我就是千万富翁了。但我那时没钱。我压根儿没想过要留下来。

沿着入口的走廊再拐一个弯，你就能步入豪华安逸的餐厅了。脚下是厚厚的红莓色地毯，眼前是对岸的外滩景致：殖民时代的旧仓库、外资银行大楼鳞次栉比。墙边一侧排列着几尊磨砂玻璃大雕塑，设计师参考了1949年以前上海的鼻烟壶造型。电梯的另一侧是鸡尾酒吧，占据中心的吧台造型设计成掀开的珠宝盒。后面藏着一个私密的房间，避开众人眼目，乌烟瘴气，是酒店外籍经理的秘密享乐世界。

但我只是这间厨房里的中低层管理人员——用行话来说就是初级副厨师，最初的几个月感觉很别扭、很孤独。相对于别的工作环境，厨房总能让我觉得舒坦，现在却只觉得陌生，哪儿哪儿都不趁手。新的烹饪方法让我觉得自己很蠢，好像一切都要从头学起。我费尽气力，想在厨房里维护自己的权威。许多级别较低的厨师和我一样技术娴熟，甚或有点天分。但面对分子料理时，我纵有多年烹饪经验也白搭。我们都在学。那么，我为什么能当他们的上司？就因为我是白人，他们是中国人？这让我觉得自己像个骗子。

厨房里还有一个外国人，叫西蒙，是个胖乎乎的英国人。西蒙之前在伦敦郊外的肥鸭餐厅干过，那是全世界最好的餐厅之一，堪称崭新的分子料理界的先锋。此人精力旺盛四射，夹克衫的尺码又太小，活像是一根填得太满的香肠，不停地从一个活儿弹射到另一个活儿去。毋庸置疑，他比我更有资格当上司，他从派瑞特那儿领受的侮辱甚至比最低级的厨师还要多。他简直就是众矢之的。苦难让我们迅速结成了同盟。

西蒙对威士忌和女人情有独钟，下班后，我们会去衡山路泡吧，那些地方藏污纳垢，总有些衣着清凉的女人在霓虹灯下的小舞台上跳舞。我们大杯大杯地喝啤酒，时而和当班的女服务生聊天，时而抱怨自己的工作。我们会喝到凌晨两三点再回家——我独自回家，西蒙总有伴儿。

第二天早上，我们会早早地回到厨房，赶在别的厨师们——他们往往都在宿醉中——上班之前。我们要检查冰柜，制订当天的任务。我们还会猜测今天会爆出什么骇人听闻的事。我们会与保罗交谈，试图揣测他当天心情如何。他会彻底崩溃，还是在静静压抑的愤怒中按部就班，坐在库房后面的小办公室里，在电脑前抽烟？

下午会有各种视察和会谈。负责酒店所有7间餐厅的餐饮总监会来看看。酒店里其他餐厅的厨师也会来和保罗聊几句。高级管理层会带 VIP 贵宾来参观我们罕见的高级厨房。

保罗完全不重视这些事。按理说，他应该一层一层向上汇报，但他实际上只向总经理汇报工作。他是这家酒店里的坏小子，漠视规矩的叛逆的外来者，被宠坏的孩子。

他的餐厅——我们的厨房——坐落在这栋崭新的、已成为整个香格里拉酒店连锁集团的标杆楼宇的 36 层顶楼，俨如皇冠上的宝石。为了让餐厅顺利运转，就算他不得不对员工大吼大骂，也不会有人向他提意见。他是传说中的"天才厨师"，是法国来的专家。我们不过是推动齿轮的一群驴子。

一连几个月，我上班下班都是独来独往。因为前一晚很累，早上坐地铁时总是昏昏沉沉，一路清醒过来，再现身于陆家嘴大工地。上班的时候忙得四脚朝天，但到了晚上，我总是一个人回家。一整晚的工作过后，残余的精力和肾上腺素一时很难消散，我就靠上网打发，熬到很晚才睡。

每逢休假日，我就骑自行车满城乱逛，戴着耳机听音乐，不断地迷路。一整天下来，我和人打交道——和大活人有直接交流——的唯一机会就是吃饭时跟服务员点单。即便如此，我都不多说，只用手指点中菜单上的照片就完事了。要再过几年，等我终于认识几个汉字了，才知道自己当时点了些什么：在中国的第一年，决定我味蕾感受的常常是鱼香咸鱼茄子煲。现在我已经不吃这道菜了，那种味道会让我伤心。

日子过得很寂寞。我不想又一次半途而废。哪怕这不符合我最初的预想，能在上海找到这份工作已实属幸运。我签了一年合同，至少要把这一年坚持到底。

我不想重蹈南美的覆辙。

就是去秘鲁那次。当时有人答应给我一份工作：在首都利马做厨师。那些朋友已经和利马的一个餐馆老板谈好了，但等我去见他时，他总是"前脚刚走"。就这样错过了整整一星期，始终没联系上。我就决定去旅行。我的要求很简单：免费打工，换取经验。这位老板却连见我一面都不愿意？行吧。那我就在南美逛一圈，自学成才。我会利用那一年时间，自己找到工作，再从长计议。

结果，一周又一周，我始终独自在途。我登上了马丘比丘，但无人同行，也无人分享。我去了亚马孙雨林。我得知前女友——我本来打算和她结婚呢——已有了同床共枕的新男友。我在利马挨过了郁闷的几周。每一顿饭，我都是一个人吃的。我会去超市，走在长长的过道里，看看陌生的食材，纯粹为了消遣。我没有去交朋友。3个月后，我对自己坦白了：不能再这样下去了。就这样回了迈阿密。我的胡子长得很长，脸色很憔悴，以至于我在机场和亲生父母擦身而过时，他们竟然没能认出我。

在上海，恶劣的管理风格自上而下侵蚀了每一个顶着"经理"头衔的人（甚至包括我）。我开始熟悉自己手下的团队，还会和女服务员、女侍应生们调调情、开开玩笑，还学习了如何用上海话数数。但我不敬重、也不喜欢这种用科学花招取代人类技能的烹饪法，我也不想每周工作60个小时乃至更多时间去实践这种烹饪。更重要的是，我不想再被人欺负了。有一天，西蒙突闻噩耗：他的弟弟在踢足球时死于心脏病突发，他立刻离开上海，再也没有回来。我又成了孤家寡人，而且很累。那年冬天，也就是我开始这份工作的6个月后，我对保罗说我要走。我要辞职。

保罗叫我"背包客"，在他的词典里，这个词是贬义的，纯属辱骂，说的是某些人不够认真，当不成"真正的"厨师，只想旅行和做饭。我叫他"混蛋"，还直言不讳地说出自己对他的臭脾气有何看法。这些话冲出口后，我们突然能好好交谈了，哪怕算不上平等，至少也能互相尊重了。我同意再留6个月，帮他找到人顶替我。从那天起，他（基本上）可以把我当成人类对待了。事到如今，差不多20年过去了，我们还是朋友，从某种角度说，他算是我的导师。他在国际上声名鹊起后，臭脾气也随之收敛了。

我不能说自己在这件事上做出了某些有益的贡献——我是职位最低的初级副厨，与其说是他成名的助因，还不如说是他身边的刺儿头——但我就在他身边。如今，保罗·派瑞特是上海最著名的厨师。我曾负责整理他的食品库存室。那应该是我作为厨师真正工作过的最后一个厨房。

只不过再待一年式生活

要是能知道自己能待多久,那该多好。

我交到朋友了。

芙蓉蛋是来自纽约的 DJ,有一半中国血统,他妈妈是上海人。那时候,他刚好打算回上海闯荡。他在迈阿密的时候,我们就是朋友了,当时我们都在夜店里打碟。他还在曼哈顿一家唱片店打过工,借助那儿的人脉以及互联网,他与一个在上海的 DJ——斯托克斯先生——联系上了。斯托克斯邀请芙蓉蛋去他的派对。我也跟着去了。

斯托克斯的真名叫亚当,藤校毕业的,明明是高眉,却过得像个难民。在中国,他享受的是穷日子,开派对,给免费的英文杂志写文章。他的朋友们也都是受过高等教育的名校毕业生,有些人拥有与中国相关的学位,有些人并没有,但他们都在 21 世纪初的中国热潮中找到了某种自由、某种刺激。他们毕业于达特茅斯之类的藤校。我毕业于厨房。但我们都是来这儿寻觅某些在故乡找不到的东西的。后来,亚当成了我最要好的朋友。他的朋友也成了我的朋友。这些朋友改变了中国对我的意义。

他们都是老外,常常拖着我去"泡泡圈"——那不是个真实的地方,而是泡泡般的小圈子。在上海,既有属于中国的上海——对老外来说有点令人畏惧、令人沮丧的,很难融入;也有属于老外的上海——舒适又昂贵,可以说英语——比如泡泡圈。当年,几万几万的外籍人士都生活在这个泡泡圈里,每年还有成千上万的新人加入。就在那些意大利餐厅和进口超市之间,在法国幼儿园和英国医生之间,泡泡圈成了影子世界,城中之城。2005年我初来乍到时,上海有10万外籍居民。10年后,这个数字翻了一倍。

泡泡圈无处不在。移民和外籍人士会自动创建属于自己的泡泡圈——根据你的祖国的贫富程度进行野蛮的一刀切。纽约法拉盛的福建人,西班牙的非洲人,丹麦的叙利亚人……人类天性中就有部落倾向,和"我们"自己人聚在一起,用"我们"的语言,用"我们"的价值观。而我们来中国时,不管落脚何处都会做同样的事情:建起自己的泡泡圈。

我和那帮朋友都是浪迹四方、寻求刺激的年轻人。他们和当时典型的驻华外籍人士完全不同,那些大都是一本正经的高管,拿着丰厚的薪水,出行有别克商旅车,配备司机。他们并不生活在那个圈里,并为此自豪——也反而因此创造出了属于他们自己的脆弱的小世界。

他们是带着好奇心来中国的，有些人能像模像样地说几句中文，但他们住在昔日的法租界，吃遍了新开的西餐厅。他们在设计、建筑、广告或媒体行业工作。（绝对不会去教英语，因为有一种普遍的看法是：那是"低级"老外才干的活儿。）但是，他们当中的写作者是用英语写文章的，专门写给那种让别的老外看完就扔的周刊。他们告诉在上海的外国人：哪家餐馆的汉堡最好吃，哪家餐馆的酒单最实惠，怎样去医院看病，怎样支付水电煤账单，把卖平价牛油果的蔬果摊捧上了天，在让他们宾至如归的酒吧里喝酒。

我想成为他们那样的人。要学的东西太多了。我与30个中国厨师密切合作，每周工作6天，干了一年，但我仍然对他们、对中国一无所知。他们会告诉我自己的家乡在哪里——南通、合肥、东北——我就点点头，好像这些陌生的名字对我真的有什么意义。用中文的话，我连一句完整的话都说不利索。我会讲的词句全都是高压厨房里用得到的——快点！太烫了！妈的！我真的无地自容。

* * *

我想，我可以在中国再待一年。

我发表在网上的博客证明了我不仅能做饭，还能干点别的正事。刚好，有个新朋友贾勒特是美食作家，很快就要离开他供职的一家英语周刊。也许我可以试试这个活儿——周刊付钱给我,让我摸清楚上海的食物和餐馆,作为回报,我要做的只是写一些自己的观点?

昔日法租界岳阳路的一家酒吧里,我见到了 *SH* 杂志的老板。他看过我在网上发表的摩托车旅行日记。我们边喝啤酒边聊天,因为我没什么经验可言,就东拉西扯地聊了一小时。最后我离开时,压根儿不确定我的未来会走向何方:是回厨房,还是迈进媒体?

那时候,*SH* 刚起步。那时候,上海有很多英文杂志,*That's Shanghai*、*Shanghai Talk*、*City Weekend*,*SH* 忝列其中,*Time Out* 还要过几年才出刊。后来,更多的英文杂志冒出来,然后又都消失了。

我得到了这份工作。26 岁。在此之前,我从未在办公室工作,只在厨房里干过,其他谋生的工作一概没碰过。要适应餐馆外的新生活需要时间。

在厨房里,有一长串的事情必须在餐厅开门、第一批顾客到来之前完成。时间永远不够用。压力很大,风险很高。立竿见影,反馈即时。但凡你搞砸了什么事,当场就会被发现,就会被骂,你就得再来一次。十有八九,我是那个扯着嗓子骂人的人;我的职责就是纠错。每个人都很紧张。食客到来、服务开始后,压力就更大了。如果你能幸运地逃脱主厨连珠炮般的辱骂,那就算一个美好的夜晚。从来没有闲暇的时刻,总有事情要做。

办公室就不一样了。周一早上9点，我准时到达杂志社，办公室在一栋老旧的高层建筑里，那个楼层普通得没什么好说的。地毯是灰色的。陌生人从电脑显示器的上缘打量我。这一切——办公室的日常，乃至办公椅和办公桌——对我来说都是新鲜而陌生的。这些人怎么能一整天坐在那儿呢？为什么这么安静？他们在哪里做午餐？

来自英伦的执行总编名叫丹，英俊如模特，他带我四处转了一下，说明了我的工作量：每周，我要写1篇与美食有关的跨页专题，3篇餐厅评述（写哪家餐厅由我决定，餐费可报销），还有一个专栏，写餐厅八卦——这家的厨师跳槽去那家了，哪些餐厅即将开业，哪家关门了，诸如此类。没问题，我说。我立马开工，今天就能全部完成。当时我的思维方式还处在"快点儿、再快点儿"的厨房节奏。我只有一个问题：这周剩下的时间将用来做什么？丹看着我，好像我是个怪胎。他似乎在用那种眼神问我：为什么要让自己干更多的活儿呢？这是办公室生活教给我的第一课：慢点儿。把这些活儿拖到星期五吧。不着急。

干过这么多年的体力活儿、每天站立14个小时后，现在我要做的就是……每周在键盘上打几个小时字？还能坐着？这简直有点滑稽。还能领取（微薄的）薪水，我简直都要愧疚了。

在厨房里，钩心斗角和反馈一样，都很直接。如果你对某人有意见，你就要和他们对峙，当场解决问题。有位顾客不喜欢这道菜？他们就把菜送回厨房，我们就要再做一道新菜。问题不断出现。我们的工作就是处理这些问题。

在办公室里，钩心斗角都在阴影里发生，反馈也是间接的。我不太明白这一套。过渡并不顺利。10多年来，崇尚大男子主义的厨房灌输给我的完美主义在铺着地毯的办公室里一点儿用都没有。办公室里的员工很娇气。我觉得自己像是从另一个星球来的。

但我有朋友。

我们几乎每星期都会在夜里出去玩，10到12个人一起到泡泡圈外探险。我们会去乡土气息浓郁的湘菜馆喝上一箱雪花啤酒，也会去脏兮兮的铜川路海鲜市场霸占几个摊位。我拉朋友们入伙，我们自称"午夜骑行俱乐部"，一口气骑几个小时。那个钟点，大多数人都已入睡。与其说我们这帮杂七杂八的人凑成了一个运动团体，还不如说是个聚众喝酒的俱乐部，我们把这座城游了个遍，每次都骑到凌晨两、三、四点。

那时候的上海，真的和现在不一样。搁在前车筐里的白酒让我们勇敢地、醉醺醺地探索老城区，深入老城厢的窄巷。错综纠缠的小巷可以追溯到几个世纪前，在100年前的外国人看来这里太危险了，无异于禁区。我们肆无忌惮地游走在历史悠久的会馆和破败的庙宇之间，后来，它们都在上海的新一轮开发中消失了。我们并不知道那些小巷的渊源和典故，但能切身感受到它们的历史。

有牌楼的街道整夜灯火通明，露天小吃摊排列两边。夏天，我们会在凌晨3点去吃小龙虾，喝不冰的啤酒。成百上千的居民把小床搬到街上，他们从拥挤、酷热的老房子里逃出来，晚上就舒舒服服地躺在外面。粉色和紫色的霓虹灯照亮了街道两旁的"理发店"。收泔水的人推着自行车缓缓前行，后轮上一左一右挂着塑料桶，桶里微微颠荡的是店家倒掉的潲水。野路子的收废品的人骑着三轮车在街上扫荡，四处寻找泡沫塑料、纸板或铜线，不管找到什么都抛进车斗里。

我们骑车穿过虹口区的小巷，二战期间，上一代外国人曾在这里安家；我们骑车绕过在黄浦江畔一字排开的一大片工业基建工地。在苏州河边的棚户区，我们发现有人在高楼大厦的阴影下种玉米、养鸡。

在城南，我们擅自闯入老旧的货运铁轨区。趁着保安们呼呼大睡时，我们在成堆的集装箱间逡巡，然后爬上龙门吊——就是今天西岸滨江上的那些个。在一座横跨黄浦江的巨大桥梁下，我们仅凭三寸不烂之舌就侃晕了一头雾水的保安，溜进了正在开工的船厂。

有一次，我们当中有个人因为超速而撞车，背部皮肤蹭伤了四分之一，我们在最近的便利店停下来，用一瓶旅行装斯米诺给他的伤口消毒——那是我们在凌晨4点能想到的唯一的消毒剂——然后接着骑。

尽管我们可能醉醺醺的，但这些骑行的体验为我们所有人认识上海打下了基础。我们探索，我们发现，像出租车司机那样熟悉这座城市。但这样的体验不会持续太久。

再有不到 5 年的时间就要举办 2010 年世博会，上海正紧锣密鼓地展开各种筹备工作。到处都在挖路修地铁。大片城区被标明了要改建。事实上，我们探索过的许多街巷都已接近荒废。

上海人几年前就搬走了，拿到补偿款，搬去了郊区；我们去玩的时候，那些老房子如同悬置在地狱的边缘。没人知道拆除机的怪手落锤会在何时降下，但与此同时，他们把这些半废弃的老房租给尽量减少生活开销的外地人住，他们是进城生活的新移民。老住宅区已被毁弃，但外来的移民又搬了进来。

* * *

我说不清自己当时有什么打算。我没做任何规划。白天，我慢慢地学习怎样写东西。晚上，我和朋友们出去玩。泡泡圈很小，圈里的生活很轻浮，但我找的乐子实在太多了。偶尔，我也能觅到特别好、特别中国的故事：我找到了这座城里最后一批手工打制铁锅的匠人，又偶然发现了上海最大的清真寺外有一个当时完全不为外人所知的周五街头市集。我心想，没必要太认真，等这波大冒险结束后，我大概还是会回厨房，重操旧业。不妨趁这段时间，多多了解中国的点点滴滴，以及外籍人士的更多秘辛。

"再待一年。"那时候，我们都是这么想的，现在很多在中国的老外大概也会这么想。再过一年，我们会通盘考虑，再做决定：是回国，还是去别的国家。这就是明天综合征——明天永远不会到来。那一年永远不会结束。

但对我们来说，那就是我们规划自己生活的方式：一次只想12个月。这是一种短线思维——避免严肃地规划长远未来。大多数外籍人士有这种短视心态，追根溯源很简单：因为要签证。你看到的每一个外国人都得受制于签证。签证决定一切。

除了个别例外，对于大部分没有和有身份证的中国人结婚的外国人来说，中国政府允许我们一次在这里生活一年。我们必须每年申请，而且，获得签证的要求一年比一年高。我们要有大学学位、学位证书的正规翻译、无犯罪记录证明、指纹信息、工作经历及相关经历、健康证明（不能有艾滋病）、中文水平测试以及……

等我们把这些证明凑齐了，作为一个潜在的中国居民，就会被打分：用分值来界定我们的个人价值。我们会被分成3个等级：A、B、C。A级是月薪超过6万元人民币的精英人士，或是拥有中国政府特别想要的某种特殊技能的人才。C类是不受待见的，但中国可以容忍他们从事服务业。除此之外，我们，或者说我们中的大部分人，都属于B级外国人。从开始申请签证到办完手续，我们都得耗上几星期甚而几个月的时间。

整个过程会让人忧虑。即便事情很顺利,也会让人焦躁不安。万一今年有什么变数,那该怎么办?万一签证没通过,怎么办?你在中国待的时间越长,扎根越深,你就会越忧心。我在中国已经待了快20年了。差不多拿过了20次签证,我太了解这种心态了。20张小纸片贴到了我的护照上,准许我在中国生活,签一次过一年。

当然,中国可以在任何时候、以任何理由准许或拒绝任何人入境。我在这里逗留的时间并不会自动为我获取特权,让我无限制地进入这个国家。

获得美国居住签证要难得多。中国允许我客居这么久,这是我的幸运。如果有什么办法能给某些外籍人士永久居留权,那当然好,但中国已有足够多的居民了。我没资格要求更多。

不过,正是因为有每年续签的签证程序,外籍人士的明天综合征才会经久不衰。假如没有安全感,不知道自己再过两年、三年、五年还会不会受到中国的欢迎,他们就不会热衷于在此扎根,他们就会留在泡泡般的小圈子里,住在外籍人士扎堆儿的地区,拖延着不上中文课,租昂贵公寓的合同总是一年一签。

我们这些已在此待了一阵子的外国人一直在谈论这个问题——要是能知道自己能待多久,那该多好。我们哀叹:要是早知道会待这么久,我们就会买房子,现在就会很有钱。我们哀叹:我们就会多上几节中文课,现在中文就能说得很流利。

我们哀叹：我们本可以成立自己的公司，现在就是大老板啦。

但我们没有那么做。

我们说，我们没打算在这里待这么久。

只不过再待一年，过一年算一年，总是这样。

骑着挎斗摩托探索中国

我要做的就是走近一点，近到让中国把我吸纳进去。

我想有一番新的冒险。

一开始纯属寻开心。在上海，你能看到一种残障人士用的电动三轮车，有3个轮子和1个马达，有时会加有后座，或是一只置物箱。这种车随处可见，有人称之为"快乐车"。白天，它们窜来窜去，跑跑腿啦，去菜场啦。但到了晚上，极富创业精神的上海老爷叔们会把后座变成赚钱的本钱，把残障车开成非法出租车，载人，从一个夜店送到另一个夜店，从一个酒吧送到另一个酒吧，再从酒吧或夜店送你回家。

我想，假如我买一辆残障车，开着它，出上海，能开多远就开多远，岂不是很好玩，而且很好笑？我一直渴盼走出上海，去看看这个城市的边界之外是什么样的。我想去中国的其他地方感受一下。2006年夏天，差不多就在我辞职前后，我和新朋友们开玩笑时提过这事儿。但遇到杰夫之前，那不过是酒后的醉话，有趣的白日空想。

杰夫是澳大利亚人，常在我的朋友们都很喜欢的一个酒吧里喝酒，但我对他的了解仅限于此。后来，在某一天的深夜，我胡扯了一通自己的残障车计划，他突然给我下了战书。他说，别管什么残障车了，如果我给你一辆真正的摩托车呢，你能走多远？我完全没概念。我猜是西藏。有个白头发的老外坐在我们旁边，听到了这番谈话，也凑过来一起聊。他问我，知不知道上了高原会有多冷。"那好吧，那就到青海。"我说。青藏铁路刚刚竣工，我刚好可以尝尝鲜——开摩托车到青海，再坐火车到拉萨，以后的事以后再考虑。关于青海，我只知道一件事——青海很远。

"成交。"

当场同意骑陌生人的摩托车横穿中国之后，我很快就搞清楚了，杰夫就是靠翻修中国老式挎斗摩托车来做生意的。他的合伙人在苏州，叫老王，他们回收警方或军方的老式挎斗摩托车，整修好，换上花哨的座椅，重新上漆，就能以五位数的价格卖给在上海的老外。他们这买卖在上海算合法吗？并不。要紧吗？还好。在异国他乡生活的中年老外们都想来点小刺激，这些车就像跳跳糖，多少能满足他们一下。

我在迈阿密的时候开过一阵子摩托车，但从没开过这种三轮挎斗。杰夫说，老王会教我的。对他的生意来说，这件事相当于活广告，我也能尽兴玩一把。双赢。没问题。不到一小时，我们就谈定了条件——汽油钱我来付，老王负责速成课程，我只需要在旅行结束后把摩托车还给他就好了——驶出上海，去看大中国，我随口一说的玩笑本来八字没一撇，这下实打实了。我10月结束了厨房里的工作，11月就出发了。

*　*　*

刹车在甘肃烧坏了。我开着那辆老爷摩托车从上海出发，已骑行了大约4000公里。那辆中国长江750一天到晚出故障，这个型号是根据20世纪50年代的苏联老款做的，而苏联款又是30年代德国款的翻版。

老王在苏州的车库里教了我一些最基本的机械维修技巧。我知道怎样换火花塞、怎样暖车了，但修刹车片实在超出了我的能力范围。如果有人在追捕我，那可太容易了——只要问问318国道沿线的修车师傅有没有看到一个剃光头的白人——几乎从旅途的起点开始，我就拜见了沿途的每一个会修摩托车的机修工，他们全都见过我。

那是11月下旬，褐色的大地上积了薄雪，看上去像撒了一层糖粉。尽是平房的小村落低矮地簇拥在地平线上，从泥砖墙顶钻出的烟囱里冒着炊烟，那是唯一能证明有人在这儿生活的迹象。上午。我起得很早，这次横贯中国之旅预期一个月，我正快马加鞭地赶赴下一个城市。抓紧时间的话，再有一两天就能到兰州了。就在我飞驰在乡间小路上时，刹车突然失灵了。

我在一个弯道上按了按刹车。老式的鼓刹发生抱死,死死扣住了轮圈,之后再也没松开。

我让摩托车滑行到慢慢停止。从路边延伸到远处山丘的田里长满了春葱和绿油油的蒜薹。我下了车,开始推。前面有机修工。在中国,只要你往前走,总会遇到一个机修工。

他说,这没法修。你知道自己在哪儿吗?他能修的是豪爵和嘉陵,而非战时德产的老爷款。刹车片烧毁了。他没有零件,无计可施。我苦苦哀求,赖着不走。我只有一辆没刹车的摩托车,我能去哪儿?我说,你必须修好它,我不管你怎么修。我脱下厚厚的皮夹克,一屁股坐了下来。

看热闹的人慢慢凑上来了。我不知道他们都是从哪儿冒出来的。附近看不到几栋房子,谁料想竟能冒出来这么多人,十几二十张茫然又深不可测的面孔,盯着这个老外和他的老古董摩托车。他们想象不出来我来自何方。我也想象不出来他们能和我玩出什么花头。他们不走动,也不言语,只是盯着坐在凳子上的我看。当时没有手机可以玩,没法在微信上聊天,啥也干不了,只能和他们大眼瞪小眼,或是压根儿不去看他们。那群人让我很紧张。那种好奇心让人感觉不太友好。我得离开这里。

6小时过去了,在我不断施压后,机修工宣布大功告成。刹车修好了,他说。我可以起程了。

* * *

10月里,有老王罩着我。我在他苏州的地盘里待了好多天,看着他用几瓶二锅头清洗锈迹斑斑的油箱(确实能溶解铁锈),一边等着我能骑上车的时刻到来。他忙完当天要做的修整工作后会带我去环绕太湖的空旷道路,然后换位置,让我开。如果运气好,我们回程时会把车开到附近曾用于坦克训练的一个旧军事基地,在布满车辙的小路上撒撒野。老王不会说英语,但我们能交流到这个程度。我学到了一些新词语和实用短语:化油器、空气过滤器、"车漏油了"。

我要以实际行动帮老王圆梦:骑着他的车,横穿整个中国。他只比我大几岁,但他肩上的责任很重,有妻女要照顾,女儿还很小,还要顾这摊生意。老王就像发动机,杰夫的公司少不了他。警方后勤部门正在进行更新换代,是老王找到了这些老式挎斗摩托,谈好了收购事项。也是老王亲手把旧车拆开再重组。先打磨再上漆的人还是老王。我很明白,杰夫只是个推销员。所有的苦活儿都是老王干的。被我硬生生骑到甘肃的那辆车属于老王,而不是杰夫。

也是老王曾让我指天发誓:无论发生什么事,我都不能在晚上骑行。他对我说,在中国,很多路对摩托车来说都不好。骑夜路就是自找麻烦。

* * *

再来说甘肃。我倒推摩托车,挤出人群,上了坑坑洼洼的乡道。恐怕要走很远才能找到一家允许外国人入住的酒店——那时候,招待所和小镇子都不允许老外住宿。我必须立刻起程。

我加速疾驰,为一切重回自己的掌握之中而长舒一口气。远处灰蒙蒙的群山越来越近,我在之字形的小路上把紧龙头,控制好方向。太阳正在西沉。我得开快些。

我到了第一个山顶,松开油门。现在可以指望重力来帮我,让摩托车和我轻松下坡,绕过那些急转弯道。

我兴冲冲地按下刹车。什么反应也没有。

我使上手劲,用力按刹车。摩托车反而在重力的加持下加速了。

弯道近在眼前,山路右转的角度超锐利。

我没有刹车。

我要冲下悬崖了。

机修工可能修好了,也可能没有。他可能存心耍我,也可能只是烦透了我——这个在他店里坐了好几个钟头的家伙非要他完成不可能完成的任务,还惹来一群人挤在门口看热闹。我能确定的只有一件事:摩托车停不下来。

我没工夫去咒骂他。此时此刻,我坐在350公斤重的钢铁上,没有制动却在加速下坡,不断逼近直路的尽头,越来越近。

我压上全身的重量往右倾斜,左手推车把,右手拉车把。摩托车向右倾斜了几厘米,再来几厘米,再来几厘米,我用尽了所有力气,使出了吃奶的劲儿,狠狠拽住车把。摩托车发出吱吱嘎嘎的怪叫声,龙头扭转,拐过了这个弯。原来电影里拍的都是真的:轮子会翘起来,差点儿把我甩到另一个方向去。但好歹车是转向了。第一次危机过去,我幸存了。我没有冲下山崖。

眨眼间天就黑了。我打开车头灯时想起了老王。下一个弯道就在我面前。还有几十个这样的急转弯伺机埋伏着,都是残酷的 U 形转弯,随时都能让我撞上这一边的陡峭岩壁,或者甩到另一边,滚下陡峭的山沟。我必须想出一个办法。

* * *

这不是我第一次骑摩托。在迈阿密的时候,我骑过一辆服役 20 年的破车在佛罗里达的高速公路上飞驰。对一个年轻又愚蠢的厨师来说,那辆车有多不可靠,就有多么难以抗拒。

我喝醉的时候开。我不戴头盔开。我以 160 公里的时速开,哪怕刚在厨房熬完两轮班。令人惊讶的是,骑车如此不负责任的我竟然还能从那辆车上活着走下来。差点就被搞死了——多少有点咎由自取——但现在,那些经验救了我的命:我学会了怎样用引擎制动。

引擎制动,是指摩托车从高挡位换到低挡位,在发动机压缩、所有部件互相摩擦时会自然产生的减速效果。当年，那台迈阿密老爷车的刹车片疲软时，我就必须学会如何减速。

如果制动的速度慢一点，再结合手刹，引擎制动对发动机来说未必是坏事。但假如猛地一下子从最高挡位降到最低挡位，跳过所有的中间挡位，那肯定是不好的。不过一路冲下山、眼看着下个弯道迫在眉睫时，我只能这样明知故犯。

我用左手捏住摩托车的离合器，人站到挎斗车架上，保持平衡，左脚使劲猛踩踏板，狠狠地踩到底。发动机的齿轮卡死了。摩托车向前猛冲，差点儿把我从车把上甩出去，反冲力又让我一屁股颠回车座上。但车听懂了我的意思。我们的速度慢下来了。我用力把车把往左扳。就这样，我又活过了一个弯道。

那是个寒冷的夜晚，星星都出来了，我还在甘肃蜿蜒的山间一个弯道一个弯道地走，狠狠地踩死引擎齿轮，强行扳动车把，沿着弯道或朝左或朝右。我浑身是劲儿，只因肾上腺素飙升，一直开到平坦的地势，我才开始后怕。

平路上的指示牌告诉我，往前 100 公里就是天水。这段山路把我累坏了。但在露天睡觉太冷了。我没有选择。还有两个小时的路程。

路越走越窄，到最后，我开上了两旁都是树的村道。之前看到的星星消失在云层后面，夜色变成彻底的黑暗。伸手不见五指的黑。除了树干上白色油漆的反光，我什么也看不见。透过尘土飞扬的空气，高光前灯只能照亮前方不到 10 米的地方。

明暗交界处出现了一些沉默的人，他们在浓浓夜色中踽踽独行，或双双并排。我没有刹车。当他们的身影从黑暗中浮现出来、时而走在狭窄的道路中央时，我只能转向避开他们。他们不知道我停不下来。我不知道他们什么时候冒出来。

我一次又一次地掉转车头。我放慢了速度，给自己更多的反应时间。两小时的天水之旅变成了4小时。到达城郊时，我在看到的第一家旅馆前停下车。已经过半夜了。谁料想，那块路牌上的标示根本就是错的，天水是另一个方向。无论如何，那家小旅馆终究让我住了下来。他们肯定看出来了，我经历了地狱般的折磨。

* * *

我骑出来已经四个星期了，出发那天是11月的第一天。我坐上了崭新的古董老爷车——我的！穿上我的新皮衣，那是老王在苏州的朋友为我定制的一身皮衣皮裤，又黑又厚又重，衬垫也够足；假如骑行时不小心摔了，有了这身够结实的软盔甲，我就不至于擦碰得浑身是伤。这身衣服挺起范儿的，让我看上去很像个骑手，但与静安别墅的红砖小巷非常不搭。我才不管呢。不出一刻钟，我就会驶离这个老弄堂，生平第一次踏上大中国的康庄大道。我用右手加油门，发动了引擎，车子咆哮一声，转入低沉的轰鸣，可怜的邻居们纷纷扭头，想看看是哪个家伙搞出这么大的噪音。

车把上绑了一台可以导航的掌上电脑,里面存有老版本的中国数字地图。我打开电脑。上海地图加载完毕。蓝色圆点标记了我的位置,就在南京西路旁边。我不会说中文,但这个小小的科技奇迹将引导我离开上海,横贯中国,穿越其他区域。

箭头指向左边。西。这样的开端很好。我知道箭头是对的。但有一个问题:箭头有整个城区那么大!是的,我知道西宁在左边。但我想知道哪条路能把我带到那里去。掌上电脑是我当时能买到的最聪明的科技神器,但它又真的蠢得令人难以置信。

真该死。

我有了个马后炮的想法:我本该在出发前测试一下这玩意儿的。我从车把架上取下掌上电脑,扔进侧边的挎斗里,那里已经装满了一路上可能需要的东西:备用汽油,一顶帐篷,早餐麦圈。

我隐约记得怎样去苏州、去老王的车库。我照着箭头的方向走了,从静安别墅出来左转,经过3个著名的豪华商场和静安寺,在东西向的延安高架路下直行向前。这条路是去苏州的。我凭着记忆到了老王那里。他给我找出一本纸质的公路地图册。从那一刻起,我必须去认、去记城市的汉字名,并将地图册上的名字与蓝白相间的路标匹配起来。

那一个月里,我驰骋各地,穿过皖南山林,登上刚刚竣工的三峡大坝之巅。到了神农架,我套上能遮住全脸的头盔,翻下黑色面甲，因为神农架不对外籍人士开放。要是绕道而行，我得白白浪费好几天。停下来加油时，我就挥挥一张百元钞票，指指油箱，无声地完成交流。就算有人注意到骑摩托车的是个非法闯入的老外，他们也没吱声。

我住便宜的旅馆，晚上为一家英文网站写写旅途感想。在陕西，我看到了几次严重的交通事故，还有穆斯林的送葬队伍。在甘肃，我在麦积山的佛教石窟群休息了一天，在兰州的马子禄，吃到了生平第一顿地道的拉面——就在刹车坏掉，但我活着下山之后的几天里。

11月底，我顺利抵达西宁，经过了青海农村的大规模工业基础设施。身披冬袍的藏民让我惊叹，在老火车站外转悠、戴着圆眼镜的回族老人饱经风霜的脸庞也让我看不够。

我骑行了将近5000公里，花的时间比预期的长，我的时间没剩多少了——我必须回美国参加姐姐的婚礼。所以，我最终没能抵达拉萨。我在西宁挥别了那辆黑色的老摩托车——交到老王的朋友手里，他会把车托运回去——然后坐了两天火车，回了上海。我耳闻目睹了一些事物，哪怕大部分我都不太明白。中国给我的感觉是无穷尽的。之后我飞回纽约，在姐姐家与全家人欢聚一堂。

泡泡圈

你会说中文吗？你来中国多久了？

外来者会建起自己的世界。有时是有实体边界的，一目了然。不留意的人通常是看不到那个世界的，但对那个世界里面的人来说，它却极其真切。一如雪花球里的小王国，那就是泡泡圈里的小世界。

任何人都能进入圈内的小世界。在华外籍人士的泡泡圈里，餐厅和酒吧都是我们活动的公共空间——但在我们看来，那些都是"我们"的地盘。只要你不介意花冤枉钱，就能在"我们"的超市购物，看"我们"的医生。只要你会说英语，就能一窥在华外籍人士为自己构建起的世界。但如果你真的活在泡泡圈里，那就要遵循一些不言而明的规矩。

* * *

你来中国多久了？

这听来像是闲聊。我们这么问纯粹是下意识地，问得心不在焉，根本没意识到自己究竟要如何推进日后的各类社交互动。但在外籍人士的交往中，这是你能问出的最重要的一个问题。

这个问题的答案决定了接下来的谈话将如何进行。答案是必要的，有助于把彼此归入恰当的类别。答案控制着我们的互动，丰富了我们的交流。

从某种意义上说，这就像在打仗。它所暗示的潜台词是"在中国太难了"，所以，谁待在这儿最久，谁就"赢了"。谁最能长久地"忍受"在中国的生活，谁就会成为外籍人士中的"老大"。就像两只狗在嗅对方的屁股。

泡泡圈规则：中国通

即便在外来者中间，也有内行人。这是人的本性。我们必须找到一个"他者"来帮助我们感受自己的归属感。我们有3套阶级划分法来实现这一点，并依此顺序：以融入中国为标准划分出的阶级，以社会身份划分出的阶级，以语言划分出的阶级。

比如，第一次见面的3名外籍人士的这段对话——

外籍人士A：你来中国多久了？
外籍人士B：哦，我7年前来的。

外籍人士C：哇，这么久了！我是2019年疫情前到的，之后就一直在这里。

外籍人士B（对A）：你来这儿多久了？

外籍人士A：我快3年了。

社会秩序已然明确建立起来了。B已荣升"高阶"外籍人士，以其明显的"承受"能力和所谓的"深厚文化知识"在此番竞争中"获胜"。从此以后的所有谈话中，如此获胜的人必会被尊称为"中国专家"，得到的恭维包括"那时候肯定大不一样吧！"这种话。

A已被确立为"中阶"外籍人士，但凡开始谈论对中国的看法，不管什么话题，A都必须先承认B"更了解内情"。比如，"我在这儿的时间没你长，但我认为中国是……"

当然，外籍人士C是可以发表意见的，但不会被大家认真对待，因为他还没有获得足够的"中国经验"来挑战A或B。而A和C无论如何都不会反驳B。

参与这种社会竞争的包含但不限于在中国待足一年的人。没有最低时限。在中国生活了6年的外籍人士会看不起在中国生活了6个月的外籍人士，以此类推，在中国生活了6个月的外籍人士又会看不起在中国生活了6周的外籍人士。来了6周的老外会自我安慰：反正我不是游客。游客则被彻底忽视。

泡泡圈规则：外籍专家

我们问的第二个问题是："你是做什么工作的？"

在我们各自的母国，社会秩序通常是明确的。有蓝领——公交车司机、护士、园丁、干手工活儿的，也有白领——对着电脑、在办公室工作的人，还有精英——名人、政客、成功的商人。

但是，公交车司机和护士不会成为在华外籍人士。名人和政治家也不会。所以，就由我们来填这个空。

英语老师成了我们圈内的公交车司机和垃圾工。我们看不起他们，因为他们除了会说生来就会的语言，没有其他技能。（这是不对的，也不是我个人的观点，这里说的是通常意义上的群体外籍人士。）他们只比游客高一级——只是不想离开的游客，接受了他们唯一能接受的工作。他们往往是短暂的过客，在中国签的都是短期合同，所以，在前文所说的竞赛中根本没有竞争力。他们赚不到多少钱，因而也得不到多少尊重。他们是社会底层的人。（国际精英学校的老师相对而言能得到更多的尊重。）

接下来是外籍中产阶级。他们在媒体——生活方式类的记者地位较低，外国媒体的特派记者地位较高——广告和公共关系公司从业，也会在设计、创意产业或建筑公司工作。他们也可能是小型企业主。

商人阶层高居于圈内社会阶级的顶端，可以说是21世纪的上海"大班"。他们是老板，是迪士尼之类的大型跨国企业的高管。他们持续关注的是GDP增长和消费趋势，会加入商业组织和专门的商会。他们的孩子上的是一年25万人民币的国际学校，都由妻子（通常都是外籍人士）或阿姨照顾。他们住的是独门独户的别墅和豪宅，有车有司机。在中国的这些年，这类人我多少认识了几个，他们有一个共同点：一有闲暇就抱怨。他们喋喋不休地抱怨阿姨，抱怨西餐，抱怨他们的中国员工。他们来这里不是为了理解中国，而是来赚钱的。他们想过的生活和在母国的老日子没差别。他们热爱泡泡圈，并且是圈里的国王。

泡泡圈规则：你会说中文吗

外籍人士评判对方的第三个因素是其中文的流利程度。（这一点不适用于那些从小就学过中文的老外。）外籍人士都知道，中文能力最能表现你融入中国的程度，以及对中国有多大程度的认知。中文说得多流利，等同于你有多了解中国。语言就像一种社交货币，我们会掂量掂量，判断出彼此的站位，以及如何在同一个社交空间里分配尊重的额度。中文流利的人会赢得尊重，甚至是来自商人阶层的赏识。

但你开始综合衡量各方面价值时，这个规则会显得不够完善，最终演变成如下情况——

来这里 3 年但中文说得很好的英语老师，比来这里 8 年但不会说中文的作家更有社会资本。在这里待了 20 年却只会说最基本的中文的商人，会因为无法沟通而不断地道歉。他会很没面子。在我们眼里，他是"差劲的外籍人士"，中文能力不足只能证明他把所有时间都耗在泡泡圈里了。

* * *

用这套公式定位彼此，其实蛮吃力的，而且也是错误的。比起漫画式的黑白简笔勾勒，灰色还不止五十度呢。但概括式的定论总归是有道理的。就个人而言，这套社会等级制度不是由我们任何一个人建立的。就集体而言，这套规则的长期沿用是由我们大多数人共同完成的。

到了某个时间点，我们就不再玩这个游戏了。我们的答案——10 年、13 年、16 年——会终止谈话。谈话会变得很尴尬。

我们不再和那些在中国没待够 5 年或 10 年的人交往——新来的人对自己的观点和认知坚信不疑，自认是"中国专家"，这就变得很烦人。在中国生活的时间越长，你知道的东西就越少。我们可以通过其他外籍人士对自己认知中国的自信程度来判断他们在这里待了多久。

经过了这么多年，我们已然明了：根本没有专家。

* * *

泡泡圈,是商人阶层在近两个世纪前就建起来的。

鸦片战争迫使中国开放通商口岸,特许外国人自开租界。在上海,法国人在他们的地界里种上了悬铃木,建起了花园别墅。英国人和美国人将他们的租界合并形成了"公共租界",从外滩以西、苏州河以南延伸到黄浦江东北一带。日本人也有一个租界。租界都是泡泡圈,名副其实,只要在圈内,就只受租界母国的法律管辖,并由各自的军队监管执行。

日常生活中,他们使用英语、法语或洋泾浜混合语。商人阶层赌马,建起奢华的住宅和酒店。名人、政客、外国警察、印度门卫……各个阶层都有,和今天的社会阶层不同,当时从最底层的难民和俄国流亡者,到顶层的沙逊家族之类的犹太伊拉克家庭,样样都有。

相对而言,当时的泡泡圈比现在的更大,若按统计数据所得的中外人口比例推算,现在的上海要有100万外籍人士才能和当年持平。但如果单纯看数字,当年和现在的外籍人数差不多。20世纪40年代末,租界回归中国,大部分外国人都离开了,上海的泡泡圈要到21世纪初才又壮大起来,继而又在2020年后因为新冠疫情和封控而急剧萎缩。

这里有送餐服务、医院、诊所、国际学校、迁居中介、签证中介、房产中介、餐厅、酒吧、洗衣店和超市。我可以买到我从小到大在迈阿密吃的早餐麦片,也可以找到穿越太平洋、用集装箱船运送来的含糖苏打水。我可以在新加坡人开的医院里上午看一位美国膝关节外科医生,下午看一位乌克兰精神病学家,接待我的工作人员都是菲律宾人。我可以请一个会说英语的阿姨,我去上班,让她帮我打理家务,等我回家后,再让她给我做西餐。唯一的麻烦就是偶尔会遇到不会说英语的人,除此之外,你几乎没什么理由需要离开泡泡圈。

虽然我对泡泡圈百般嘲讽,但我其实也是圈中人。我生病时会去看那些外国医生,做饭时会花重金去买那些进口食材。我用中文对话,但我用英语生活。我懂规矩,是因为我守规矩。要不是因为美食,我不过就是另一个老外。

* * *

卖掉第一辆摩托车、离开美国去香港冒险时,我知道自己很想学新东西。我在迈阿密的最后一任老板是个以将拉美、加勒比和亚洲食材融入高级烹饪而闻名的大厨。

他从中美洲和南美洲汲取菜式灵感,囤在他的食品储藏室里的东方食材都很时髦,都是我们见都没见过的。在21世纪初的美国,那意味着柚子醋和花椒、鱼露和春卷皮。日本料理和东南亚菜风头正健。中国菜仍然意味着廉价、高糖分和不健康的外卖。

到最后，我越来越沮丧了。这位大厨在我为他工作的10年前就已到达了巅峰，现在他把时间都花在了写烹饪书上。作为20世纪90年代的餐饮界先驱，他的才华毋庸置疑，但有一个问题：他是一个上了年纪的白人，从没去过拉丁美洲或亚洲。他只会说英语。他和来自这些国家的人一起烹饪，从而了解那些国家的食物，他以这种方式创建了自己的烹饪事业，但也因此成了一个局外人，只是那些异域美食世界里的访客。我想学更多，想了解我做的菜和我用的食材是从哪里来的，但不是从他那儿学。我想得到第一手经验。

我收拾行李去了南美。因为没找到出路，我抱着尝试的心态来了亚洲。中国并不在我的计划中，当时的世界美食交流活动中也不包含去中国探究美食。把八大菜系粗暴地简化为蜜糖鸡和蛋卷后，我们根本不了解中国美食——无法理解，也不想理解。

* * *

我有很多东西要学。在我来中国前，满打满算只吃过3次中餐——不是外卖。

第一次，是我快到法定饮酒年龄那会儿，我的第一个厨师老板在收工后带着全体员工去银苑。我们吃了豉汁蛤蜊、挂在扫帚柜里的烤鸭——因为挂在外面是违法的，他们说必须藏起来——还有粉丝蒸扇贝。我们老板不用菜单就能点菜，对那儿的厨艺赞不绝口，点了满桌子的菜。他是个来自新泽西州的红头发壮汉，和中国没有半毛钱关系。他只是知道什么东西好吃。

第二次，是我在泰国度假那阵子，特意去香港看我姐姐那次。她在那里公干，吃喝可以报销。我们去了九龙的一栋高楼，乘电梯上到30层，走进了一个黑漆漆的房间。射灯照亮了石狮子。穿着黑色迷你裙的女侍应生把我们带到一张可以看到海港的桌前。那是我到过的最豪华的餐厅。我们吃了羊排和咸蛋黄虾球。

* * *

进入泡泡圈之前，我在中国的生活很奇怪。我什么都不懂。来中国几个月后的一天早上，我醒来时，发现所有内衣裤都不见了。我打电话给帮我搬家、帮我请阿姨的公司。因为我和她无法沟通，只能让他们给阿姨打电话。然后，公司向我解释：是，她把所有东西都带回家了；不，他们不知道为什么。第二天，她把东西都带回来了。

那时每周休息一天，我有时会尝试在家里做饭，但常常被食杂店里的东西搞得一头雾水。为什么有6种鸡？为什么有一种鸡是黑色的？挫败又困惑，我就放弃了，去旁边的美食广场吃完了事。

我住在一栋20世纪30年代弄堂房子的3楼。邻居们在一楼共用一个又黑又脏的厨房。有一天，我回家时发现住在一楼的那位残疾的老阿姨正用独臂把活螃蟹一只一只塞进黄酒罐。她以前在工厂做事时出了事故，有一条胳膊被截肢了。那些螃蟹在她门外的塑料桶里放了几个月，像医学标本一样漂浮在浑浊的液体中。到了冬天，她还会把盐渍鸡挂在楼梯间的衣架上。

早上，我出门上班的时候，她会站到门边，用独臂用力拍打贴在门框上的毛巾，在我走过去时冲我大喊大叫。我不知道她为什么这么生气，所以一直没有应答。有天早上，她的动作特别夸张，我担心出事，就打电话给一个中国同事要求帮忙。我把手机递给老阿姨，老阿姨对着电话喊了一通。原来，几星期以来，她一直在高声问我："侬饭吃过了伐？"她只是想跟我打个招呼。

每件事都太难了。

交到朋友后，一切就容易多了。在朋友们的引荐下，我迈进了泡泡圈。他们告诉我可以在哪里买到鸡胸肉，怎样在半夜叫比萨。他们教我出租车司机讲的中文。我带他们去骑自行车。

但即便我学会了如何在泡泡圈中生存，我也很清楚：自己并不想全天候待在圈里。来中国是我意料之外的事，依然算是个漫长的假期，但我想，来都来了，不如尽可能地多学点。

当时，关于中国美食的英文资源非常少——至今仍不算多——但只要在我能力范围之内的，我都读了。我了解了八大菜系和江南美食的历史渊源。我把海鲜市场和水果摊当成教室，学习陌生食材的名称和用途。

我发现了一本关于上海锅匠的书，非常赞赏书里拍摄到的那些匠人。那时我有一个来自山东的女朋友。那本摄影书里没有制锅匠人的联系方式，她发现了绣在匠人兄长工作服上的名字，虽然不完整，但她以此为线索找到了他们。那就成了我为第一本杂志写的第一篇文章。我一直和这对兄弟保持联系，直到10多年后他们退休。

有位年长的中国记者江礼旸把我纳入麾下。从20世纪60年代开始，他就是美食文章作家了；我们每每走进一家餐馆，大家都对他敬慕三分，那场面会让你惊呆！厨师们、经理们无不轻手轻脚地进入餐厅，向这位戴着江泽民同款眼镜、穿着背带裤的矮个子老人鞠躬致意，俯首听令。当他解释这道菜或那道菜为何成功、为何独特、为何失败时，我就坐在他身边；所以，我找来中国朋友作陪，好让他们为我们翻译。

锅匠、江礼旸、会说英语并且巴不得把他们的家乡美食介绍给我的中国朋友们——是他们把我从泡泡圈中拉了出来。如果我想了解中国美食，就必须和中国人交谈，而中国人，按理说都是在泡泡圈外的。这很简单。食物就是我与中国之间的桥梁。

焦点几乎不太会集中在我觉得好吃或恶心的东西上。食物作为一个课题，让我感兴趣的不是味道，而在于——食物是一种语言。了解中国人如何烹饪、中国人注重餐桌上的哪些因素，都能帮到我了解历史和文化，以及孕育出这种人文历史的社会。食物，其实只是个借口。在内心深处，我是一个好奇心强、喜欢打破砂锅问到底的人。有些朋友告诉我，他们会在我们交谈后觉得自己好像刚刚接受了一轮采访。还有一次，第一次见面的人问我是不是在面试他。我对别人、包括别人看重的东西很着迷，还会和我看重的东西对比一番。我不求认同，只求想法。我喜不喜欢吃海参根本无关紧要。但中国人重视海参的事实很重要，因为那能让我明白它的价值。我也不在乎海参的味道如何，我想知道人们怎么会想去吃海参，这能让我明白他们有怎样的世界观。

写作，好像给了我一种许可证，让我可以去问人们一些在正常交往中会显得很过分或很尴尬的问题。这显然是一种掩护，虚掩了我想采访别人的本能倾向。食物只是让我们开始交谈的破冰话题。一开始，我们聊聊你做的炒锅的价格，为什么手工炒锅更好；聊到最后，我竟然知道了城管的善心、20世纪90年代的国企改革，还知道了你女儿坚持要你出钱上大学，好让她的同学们不要认为她家很穷（尽管确实如此）而需要奖学金。

你给我讲了历史（上海过去30年的经济发展历史），你给我讲了人性（你女儿所代表的工薪阶层的虚荣心；而你愿意纵容她，哪怕早过了退休年龄，还继续做着艰苦的工作），你把自己的人生都讲给我听了。本来，知道一点冷锤碳钢的物理学就能让我满载而归了，结果，你却用这种方式丰富了我的人生。

要不是因为锅，我怎么有机会和你沟通呢？

* * *

18年来，这些走出泡泡圈的短暂经历积少成多。在兰州去拉面学校的一周，变成了拍摄纪录片的两周，又变成了追寻新故事的几个月。上海闹市街头一家独特的零售店，引发了去新疆了解骆驼奶的两星期。

故事不会被挖掘光，相反，我只会发现自己写的故事太少了。我不想躲在泡泡圈里——生活虽安逸，规则却越来越霸道——我想出去。

我想真正地活在中国。

但，假如我在真正的中国过了糟心的一天，也会想回到泡泡圈里。

我不知道自己属于哪里了。我一只脚在泡泡圈里，一只脚在圈外。对一些外国人来说，我太中国了；对许多中国人来说，我又太老外了。我并不是冲着泡泡圈来中国的，但当我飘出去、融入圈外时又会想念它。我是为中国而来，但也无法全身心全时段地生活在中国。我有很多问题，答案却很少。

Chapter
02

第二章

第一次听闻家族的故事

我们与中国曾有深厚的渊源。而我竟一无所知。

摩托车寻路之旅后的第二年,家人们来看我了。父母和姐姐一起来中国,我担任导游。我们在上海的外滩漫步,观赏了西安的兵马俑。到了北京,爸爸想吃烤鸭,但妈妈的计划并非浮光掠影的打卡旅游,她有更明确的目标:看看"她家"的教堂。

1867 年,有位年轻的美国内战退伍士兵海勒姆·哈里森·洛瑞(Hiram Harrison Lowry)❶从基督教会学校毕业,当时他才 20 出头,却已决意把自己的一生献给上帝。上帝让他去中国(当时还是清朝),教会把这个意思转达给了他。那年夏天,他和妻子离开纽约,作为传教士被派往福州。他们坐船,先到巴拿马,再乘铁路横穿巴拿马,再搭乘"伟大共和号"抵达香港——那是这艘大船的处女航。又过了不到两年,他们奉命去北京建立卫理公会在中国华北的第一个传教所。1869 年春,他

---

❶ 在中国,大家都称他为"刘海澜博士"。——编注,下同

们到达北京。

洛瑞在中国一待就是 50 多年，为当时贫穷的中国人建了学校、教堂和医院，还担任了汇文书院（经由复杂的演变，这所书院被纳入燕京大学，再被纳入当今名校北京大学）的院长。

他创建了他的"泡泡圈"。

他是我的外高祖父。

1924 年，洛瑞去世后，留下的遗业包括亚斯立堂（即现在的基督教会崇文门堂）和相邻的医院（即同仁医院）。洛瑞一家经历了清朝的灭亡，教会的许多教友在 1900 年死于义和团运动，也目睹了新中国科学、人文的现代化历程。他的儿子 1926 年离开中国时已有三代后人在中国诞生、成长乃至去世。家族相册里满是颐和园的照片，还有慈禧太后回京时人们聚在街头的照片，还有北戴河边的夏日风光，也有他们在西山小木屋度假的照片。

当我们走在天安门广场东南向的胡同里寻找亚斯立堂时，妈妈开始数数。"侬，呃……桑？"她不确定地问道，接着，用磕磕巴巴的中文继续数到十，念得很别扭，但可以明显听出来是普通话。我和姐姐顿时呆住。妈妈会说中文？

我们当时完全不知道海勒姆·哈里森·洛瑞的故事，只知道妈妈的爸爸和中国有一种古怪的牵连。他和亲生孩子们的关系非常淡漠，闭口不谈他在北京的成长经历。他们兄弟姐妹几个白人传教士聚会时，说到特定话题时会改用普通话，这样一来，孩子们就听不懂了。他们教孩子们用中文数数只是为了好玩。

50 年后，妈妈又开始一遍又一遍地用普通话数数，尘封的中文从记忆深处浮现出来。后来我们才知道，外公那一口流利的普通话在二战期间派上了大用场：他为美国海军做过英汉翻译。不过，据妈妈说，外公一向沉默寡言，后来当了会计，生活平静而低调，绝口不提中国的事。1968 年，她的姐姐，也就是我姨妈，发现他死在车库里，用汽车尾气自杀的。在中国传教的线索随他而去。我从未见过我外公。他去世 12 年后我才出生。

我和父母、姐姐心怀期待，沉默不语地走进后沟胡同，走进那栋低矮的灰色砖房。红色大门敞开着。我们跨过门槛，走进教堂前的院子。从外面看得到阳光照射在彩色玻璃窗上。走进屋内却感觉暗黑，阴影里只见一排排长椅。

妈妈望着窗外，试图想象她父亲小时候看到的情景。后来，她对我说：世界竟会这么小，这感觉让她迷惘。这个教堂曾是一栋美式风格的大房子，坐落在开阔的乡村场院里，现在却挤在密集的中国城区腹地。北京火车站就在附近。不论昔日的卫理公会建造的教堂残存多少，都可能被即将到来的各种扩建吞没。

我们不得不发挥自己的想象力，但这里已证明了妈妈的记忆无误——在地球的另一边，在这个陌生的国家，我们与中国曾有深厚的渊源。而我竟一无所知。

*　*　*

我和家人第一次去北京已是多年前的事了，后来，我把这段故事讲给别人听，很多人都说这是命运的安排。他们相信，我的祖先在中国留下的足迹冥冥中预兆了我会被中国吸引。这么多年过去了，我认为他们说得对。我是这个家族的后裔，确实是在完成家族的遗愿，以中国为家。如果说这种"来自中国的召唤"有点反常地跳过了妈妈，那也不难理解，毕竟是当时的政治情势所致。她是 1949 年出生的，改革开放时，她已经有了两个孩子，就算她想，也不可能在这里生活。我们是白人，但我的祖辈是新中国人，身为第五代的我正在重续家族当年的信诺。

寻根

现在，我来检阅家族史，希望往昔能给我指引。

海勒姆·哈里森·洛瑞1867年被派驻中国时，和我来中国时同岁。他出生在俄亥俄州的农场，十几岁时皈依了卫理公会，高中毕业后正值美国内战期间，他曾短暂服役于北方军队。退伍应该是因为健康原因——但不清楚是因为负伤还是性格所致。光荣退伍后，他进入俄亥俄州的一所宗教院校修习。

3年后，他毕业时即被任命为牧师，并在"毕业后一小时"就领受了传教任务，目的地——中国。当时，中国已在鸦片战争后被迫开放了几十年，共有5个通商港口对外国人开放，福州是其中之一。卫理公会在中国的第一个传教所就在福州，他们在整个中国只有那么一个据点，也是海勒姆到中国的第一站。1867年10月，他带着新婚妻子帕提尼娅（Parthenia）来到福州，她已有6个月的身孕，很快就会诞下他们的长子。海勒姆是第一个乘坐蒸汽船抵达中国的卫理公会传教士——其他人都是坐帆船来的——从俄亥俄州经纽约、巴拿马运河和旧金山的旅程历时两个月,比以前绕过非洲好望角的路线快多了。但即便如此,也不可能想回家就回家。

这个时期的信件很少,间隔也很长,但很明显,海勒姆和同为传教士的帕提尼娅一直在努力学习福州方言,这是他们第一次接触到中国的语言。传教士们非常重视能用当地语言去传教——还是因为鸦片战争,外国人在开埠后才获准学汉语——但海勒姆和帕提尼娅没有足够多的时间。他们抵达的那年夏天,美国的教会长老们觉得时机已到:该把在中国的传教事业拓展到中国北部了,而且,卫理公会的全球传教事业即将迎来50周年庆,如果能在北京建立一个新的传教所以示祝贺,那就再好也没有了。他们便选中了海勒姆、帕提尼娅和另一对传教士夫妇来履行这一使命。

1869年春,他们乘船离开福州,前往烟台❶,再转陆路,并于同年4月抵达北京,举目无亲,无朋无友,也没有领路人,样样都要他们自己摸索。

到了这个国家的另一头,他们又要从零开始学语言,这一次,他们学的是官话,普通话,也就是官场里通用的汉语。他们请了一位满族老师,名叫铁觉(Te Jui),后来这位语言老师皈依了基督教,当了牧师,成为卫理公会里很重要的传教士。日后有位主教到访北京传教所,称赞铁觉"才华横溢,学识渊

---

❶ 当时称为"之罘",今写作"芝罘"。

博",无愧为华北传教会的第一个"按立牧师"。

通常会有3年的休息期让传教士们掌握一门新语言,但是,海勒姆和传教伙伴惠勒(L. N. Wheeler)根本没有时间。他们有许多工作要做,作为先驱,他们要寻找合适的居住地、做礼拜和拯救灵魂的传教场所。更何况,帕提尼娅又怀孕了,1870年夏天,他们有了次子。

按照他们的说法,在北京的头几年过得极其艰难。当时的京城被划分为两个城区:北边是以紫禁城为主的内城,是八旗专属的居住区,即满城;南边是汉人居住的外城。传教士们看中的地点在满城南部、紫禁城东南向的一条主干道上。事实证明,找对了好地方也会惹麻烦。

正如海勒姆第二年在寄回的家信中所说的:

> 每一步都进退两难,一次又一次地失望,直到6月,终于找到了一座弃用已久、中国人不再去拜的老庙可供我们收购。我们已听闻有过许多类似的收购——有的是为了做教堂,有的是为了造医院,有的是为了使用建材——因而决定出手。这两个月来一直忙于修理和改建的工作,我们期望尽快开放小教堂,可供日常布道。
>
> 然而,我们的希望再次破灭了。
>
> 我们雇用的木匠被逮捕入狱,工程也被朝廷的某个监察官员勒令停止。

美国公使馆很不情愿地接手了此事，但经过3个多月的谈判，仍未达成令人满意的结果。我们的木匠遭受了酷刑和重金罚款，终于被释放了，但事实证明并不是因由美国当局的要求而释放他的，而是给他一个改过自新的机会，抹杀他为外国人所做的一切，将老庙恢复到原初状态。

对于我们收购此地，官方的主要反对理由是它属于政府资产，但有证据表明并非如此。正如北城警卫队长对看管我们教堂的守卫所说的那样：真正的困难想必是本地官员决意阻止我们在南城开设礼拜堂。我们的美国和中国朋友们一致认为，倘若我们在这件事上让步了，那么，未来的许多年里我们都不可能开展传教所了。

次年春天，他们总算交上了好运。他们找到了符合需要的一块场地，并设法获得了使用权。他们在满城内买下了那块地皮——就在哈德门（即现在的崇文门）大街上，也就是从哈德门出来的南北向主干道上。往东不远就是科举考试的贡院和古代的观象台；往西就是外国公使馆区，几乎紧邻着。门外就是菜市场。据说，这地方以前的主人是个宰相，家有27个妻妾。他们拆掉了许多老建筑物，再利用老木材给每个传教士建造住所、临时小教堂和马厩，大功告成后，他们在1871年6月5日举行了卫理公会的第一次公开传道礼拜，"约有40个满人、汉人和几位外籍人士出席"。

其后的几年里，他们设法买下了哈德门大街上的一个沿街店面，可用于向路人传教。这座草草建成的街头小教堂摇摇欲坠，名为"丰盛堂"(Feng-Chen Tang)，就在北京两条远近知名的排水沟的交汇处。

这段时间里，他们一直在自家院落里的小教堂布道，也会去有望皈依基督教的中国信徒家里讲道。在他们来到中国3年后，经受了无数的困难，终于创建了亚斯立堂——卫理公会在中国北方的第一座朝圣之所。为了修建和布置这座简洁的、能容纳三四百个座位的砖砌教堂，他们总共花了2000多美元。

不过，传教士们仍然很沮丧。惠勒一家遭遇重创，从福州迁徙到北京的新家一路艰辛，他们的小儿子不幸夭折在路上。3年后，即1873年，惠勒夫妇因健康原因回美国休假，再也没有回中国。从那之后，教会在华北的活动和传教重任都压在了海勒姆肩头。传教所成立后的前几年里，他写给教会领导的信中充满了怀疑和绝望。

诚然，他们开辟了崭新的传教之道——不出几年，他们就能用普通话传福音，无须再仰仗翻译。但他们不知道该向谁传教。海勒姆在1874年做了统计：他的教会成员也就20个左右。父母不敢把孩子送到教会的主日学校，唯恐"洋鬼子"挖出孩子的眼睛，掏出他们的心。

诚然，他们比福州的第一批传教士做得更好——后者花了10年光景才得到第一个信主的中国信徒。但实际上，如海勒姆信中所写："把业已完成的任务与尚未达成的诸多事宜相比后，我们怎么能摆脱沮丧感呢？"这个传教所亟须协助。

得到指派或自愿前往的传教士夫妇接二连三地奔赴中国，传教士队伍渐渐壮大；有了新的增援，海勒姆开始以京城为据点向外拓展。他的传教足迹遍布整个华北地区，从山东到蒙古❶，他慢慢地在这个区域游走，一路走一路传教，寻找着可以进一步传颂福音的地点。传教所在哈德门大街上开了一家书店，出售翻译成白话中文的基督教书籍。女性传教士们展开了医疗服务，起初就在门外巷子里的一间小屋里，后来，他们新建了一家医院。

* * *

第一眼，他看到的应该就是城墙。巨大，灰色，高高耸立的城墙突显了防御性，它俯瞰京城里的平房瓦舍，每个城门的顶部都有木质彩漆城楼。汉人居住的外城都在满人居住的内城城墙之外，即以如今的二环为界。通往紫禁城的道路建于数百年前，从未修复过，称其为"路"未免名不符实。数个世纪车行往来后，留下很深的车辙，触目惊心，行路艰辛，宛如跋涉。当他们终于穿过紫禁城，再通过堂皇的内城城门后，路况也不见改善。

---

❶ 指清朝区划中的蒙古地区。

幸运的话，无风三尺土，倒霉的话，有雨半街泥。北京的天气多半是干燥的，为了打湿路面、抑制飞尘，工人们会打开下水道，把恶臭的水洒到街面上。骆驼、驴子、绵羊、山羊，甚至黑毛猪都会在街上游荡。在街头抢生意拉客的是人力车和京城标志性的"独轮车"——其实就是在木质双轮驴车上盖个单人顶篷。

洛瑞没有记下京城给他留下的第一印象，但后来去拜访亚斯立堂的旅行者们留下了文字记录，他们不约而同地流露出，这个城市有些"令人失望"。

比如在中国生活了几年的威利牧师（Wiley）在1879年是这样描述的：

> （关于这座城）旅人已读过很多文献，无论是马可·波罗笔下的瑰丽描述，还是近年来传教士们的数据报告，都助长了旅人对其规模、对其宏伟壮丽的想象，所以，第一次亲眼见到那古老的城墙时，他势必翘首企足，期望很高。但是，这种迷醉眨眼就会破灭……
>
> 首先，令人失望的是京城的规模并不如你所以为的那么大，人口也没有世人通常以为的那么多，所有的城墙、建筑和房舍都明摆着疏于整治，并因此破败不堪，许多地方几近废墟。
>
> 事实上，大约230年前，满人看中了这座有官殿、寺庙、公共建筑、公园和城墙的宏伟都城，便攻占下来，但

之后几乎没有在这座城里加建任何东西，尽由一切倾颓腐朽，覆于残污。在过去的30年里，朝廷一直听命于未成年的皇帝，两宫垂帘，临朝称制，亲王议政，执掌国事，无论是摄政王还是皇太后和帝后都与大清帝国的官僚集团为伍，似乎只想盘剥民脂民膏。

这30年的特殊性还在于天灾人祸不断，既有饥荒和洪水，又有叛乱和侵略等内忧外患；因此，京城和帝国的大多数地区一样，都显然陷入了财政困境，民不聊生。

不过，尽管如此，紫禁城在许多方面仍堪称全世界最有趣的城市之一，因为这可能是全世界现存最古老的都城。

威利牧师也坦言这座都城里并不全是坏事，还有漂亮的寺庙和头上插花的姑娘，他继续写道：

京城街道拥挤、嘈杂，熙熙攘攘；如同在中国别的大城市一样，很多行当的底层工匠会在街头揽活儿摆摊儿，露天坐在路边，周围摆放着各自的工具，如同在工坊里那样，这样的场景非常普遍。不管在哪里，只要补鞋匠、补锅匠和铁匠找到活计，就会当场铺开摊位，甚至屠夫也是当街屠宰动物，算得上是最恶劣的街景了。

卖药的通常也是算命的，他们设摊更随意，不管哪里，方便就好，只须将配好的药按顺序摆在面前。还有数量众多的小贩、卖唱的和江湖郎中，他们吆喝起来可是以一当十。时不时就能听到有人在街边叫卖，嗓门大到要让他周围的一群人和走在街上的人们都听到……

在公共街区干活的人里，最引人注目的是剃头匠，他们都有执照，都在露天为顾客剃头、扎辫子，极其认真，一丝不苟。所有底层市民——甚而一些高阶权贵——都会在街头理发。

所有商家店铺都有敞开的门面，饰有喜庆欢快的彩绘和饰物，每家店门上方都有一块木匾，上书金光闪闪的店名，概括了该店售卖商品的特色；招牌还常配有彩幡，高高地飘在半空，堪比船桅上的彩旗翻飞。

洛瑞来中国时，普通人家都没有电，没有玻璃器皿，没有煤气。家家户户都用玫瑰色的半透明窗户纸，用竹框固定在窗框上。室内供暖靠煤，煤是用骆驼从遥远的西北地区运进城的，就是这些骆驼把街道挤得水泄不通。入夜后，9座大城门关闭，沿街会有竖在长杆上、点蜡烛的纸灯笼照明，但用处不大，反正每个人都会自提灯笼照路，俨如拿着手电筒。

* * *

这就是他们教会传教的背景。洛瑞和他们的传教士团队自认有责任让铁匠、修补匠、坐车的官员、赶车的车夫和他目之所及的所有人都皈依基督教。

他是这样描述早期的经历的:

> 我们怎能阻止人类的灵魂猛然坠入无尽的黑暗。如果教会产生一种想法,认为异教徒终究也没那么恶劣——这个民族的文明和道德能使他们这样到永远,而不用立足于基督的爱——那你就将大错特错。这片土地已遍布最鄙俗的罪恶……他们的道德感寂灭如斯,除了上帝的力量,再也不会有任何东西可以唤醒良知。谁能担负这种承诺?承诺福音终将纯化和赦免这片黑暗土地上的众生。

但中国人并不认同这种一厢情愿的"拯救"。传教士的到来是清朝政府因战败而被迫开放的结果,他们的活动和主张在许多地方并不特别受欢迎。再加上有些传教士和随之而来的贪婪商人的不良行为,对洋人的不满开始在某些地方滋生。

10年过去了,他们仍然面临重重阻挠,虽然确实取得了一些成就——向京城外扩张,并在天津开设了两间小教堂,创办了中国第一家妇女儿童医院——但是挫折始终不断。他们在北京外城的街头小教堂曾是一间老庙,现已破败不堪。他们在前门附近的六里庄买了一家蜜饯铺,希望能搬过去,但附近的商家纷纷抱怨,不肯有基督徒在近旁,他们不得不又换地方。

他们想扩大传教的范围，看中了遵化的一家老客栈，想买下来，却再次被骗。整个城市都贴满标语，警告任何愿意向他们出售地产的人后果自负。经过几个月与当地官员和总督的谈判，他们才获批得到一块空地作为补偿。

在另一处乡村，教会受到围攻，教徒被殴打，教堂连同所有书籍和基督教文献被破坏殆尽。这种事以后还会有。

早在传教所落地福州的时候就已发生过围攻传教士的事件，有人用石头投掷走在街上的第一批卫理公会的传教士们。

这种暴力抗拒一直持续到19世纪90年代，当时，有一群愤怒的反对者攻占了卫理公会在外城的一座街头小教堂，殴打传教士，还用刀尖顶着，赶走了驻堂行医的大夫。在中国的传教士们不仅要随时面对反基督情绪及随之而来的攻击，还要应对再次暴发的鼠疫、大范围的饥荒和接二连三的大洪涝。

不管对谁来说，这日子都不好过。

到了1894年，洛瑞担纲华北传教所的大小事宜已逾20载。教会在世界各地都有先锋据点，从印度到意大利，但从没有哪个传教士像洛瑞这样当了这么久的负责人。是他让传教事业从无到有，在中国北方各地扎根，北至天津东北的山海关和遵化，南到山东。传教的中国人和外国人骑着马，在中国北方往复逡巡，身后跟着一辆载满书籍、被褥和生活必需品的骡车。巡回传教是卫理公会的特色传道方式——有个专门的名称，叫"itinerating"。他们最远走到了蒙古和山东曲阜，进行为期数周的旅行，沿途向中国村民们传播卫理公会对上帝和救赎的解说。乔治·R. 戴维斯（George R. Davis）是在中国游历最广的卫理公会传教士，据说，他在20年的巡回传教中走过了中国12万公里的长路。

海勒姆的传教所里有几十名担任牧师、医生和教师的传教士。乔治·戴维斯·洛瑞，他的长子——就是刚到福州第一年生下的那个孩子——在12岁那年被送回美国上学，长大成人，他在得到纽约哥伦比亚大学医学学位后又回到中国。还有一些颇有声望的医生也作为医疗传教士来到这里。比如尼赫迈亚（Nehemiah Hopkins），一位极有天分的眼外科医生，为传教所的医院赢得了社会上的广泛赞誉，至今仍在眼科界负有盛名。另一位卫理公会的医疗传教士名叫寇慕贞（Lucinda Coombs），创办了中国第一家妇女儿童医院。

与初到北京时不同，亚斯立堂的主日学校变得很受欢迎，400多个学员在教堂里坐不下，不得不分为两个班级：一个班上是已就读教会学校的学生，另一个班上都是附近的妇女和儿童。他们还在19世纪70年代末创办了寄宿部，有6名男孩寄宿就读，后来这个分部发展成为怀理书院，再由洛瑞将其扩展为北京大学的部分前身汇文书院。卫理公会所在地渐渐向东拓展，纳入了更多在南城的土地。

洛瑞壮大和维护了教会在华北的发展，功不可没，以至于"传教使命"——由教会指派的特殊任务——也被提升到了下一个阶段：组建分会。换句话说，他的任务不再只是向偏远地区传达教义；现在，他所掌管的传教所已成为教会本身的重要组成部分。

新的公会诞生了，新的管理组织也随之而来。20年后，洛瑞第一次交出了卫理公会中国分会的领导权，转而全身心地投入创建大学，也就是他将度过余生的地方。

然而，麻烦事从未消停。到了这个阶段，传教士们都过劳工作，人手不足，报酬也越来越低。士气低迷。有个传教士在中国工作20年后，回美国休假，之后死活也不肯再来了。另一位在北京待了一年就放弃了。还有一位医生的妻子去世了——这在传教士的生活中并不罕见——导致这位医生不再工作。还有一位在中国不到两年就死于天花。

与此同时，教会总部也有自己的麻烦要处理，在筹集足够资金以资助广泛的海外传教网络方面力有不逮。虽然每个传教团的目标是最终完全由该国信徒——比如说中国人——的募捐和捐款来资助教会的运转，但这时候的许多费用仍由美国的传教部门来支付。没有足够的钱。美国方面试图通过削减工资来降低成本。洛瑞提出抗议，说工作繁重的同时还要减薪势必会"迫使一些最好的人离开传教所"，并恳请总部派出更多传教士。

到19世纪末时，华北分会将在中国华北的50个地方传教，开办几十所学校、诊所、药房和医院，信众也变多了——有将近7000名完全皈依的信徒和教会的临时成员，比总部设在福州的华东传教会、设在九江的华中传教会、设在成都的华南传教会都要多。他们需要人手。

但是，该如何说服新成员绕过半个地球，放弃他们在美国的舒适生活，来中国传教？19世纪的最后10年里，教会将所有的关注点都聚焦于中国——它已经超过印度，成为世界传教工作的中心地区。问题在于，没有足够多的人领受到这种使命的召唤。各种基督教教派都很分散。西方人的想法是：中国很落后，语言很难学，中国人是未曾得到拯救的异教徒；如果你去，很可能会遭遇疾病和死亡。

传教士们接受了这一点。他们把自己的生命奉献给了中国，奉献给了基督。

他们可能没想到自己会那么快地见到基督。

* * *

> 我们在华北努力至今，还从来没有在如此艰难的情况下开始新一年的工作。

这是乔治·R.戴维斯牧师写给传教会的1899年年度报告的开篇定论。通常，年度报告可以让牧师们展示前一年取得的成就，19世纪的最后一份报告中囊括了中国4个地区的状况，竟有3个地区呈现出了差别极大的基调。

戴维斯继续写道:

> 政界动荡,时局难安,各阶层人士皆饱受劳扰,心神难宁。坊间虽有诸多谈议,却并未爆发针对教会的暴力事件,也没有扰乱教会的强烈意愿,只是任其凋散孤立——毋宁说是一种畏惧,以免自身被卷入早晚都会降临在基督徒头上的任何恶果……
>
> 去年秋天,北京的恐惧氛围是如此浓烈,以致常有千人参与的非基督徒安息日大学校渐次萧条,到后来,有几个安息日里只有几十人敢去听讲。全国各地的许多小教堂都一样。医院和药房的工作也陷入了停顿。

布鲁斯特牧师(W. N. Brewster)写于福建的华东地区报告更不容乐观:

> 今年历经万难,最难熬的当属生活成本高企不下,因连续几年农作物持续歉收或短缺,活猪和其他产品高价出口到福尔摩沙❶,食品进口又因海盗而充满风险,并有其他次要因素所致。

---

❶ 即我国台湾。过去,西方国家多称台湾为Formosa(译为"福尔摩沙"),这是一个带有殖民色彩的称谓,此处为保留文献原貌不做修改。

中国的粮食价格在三四年内翻了一番，8月的台风彻底毁了水果的收成，也让正在地里生长的谷物和土豆残损不良，还毁坏了许多教会成员的家园。倒霉的事远远不止这些。

布鲁斯特继续写道：

> 在我们的传教地区，黑死病、鼠疫继续肆虐。
>
> 今年，在好几个区域，会员离世致使我们教会遭受了非常严重的损失。其中两次，新教会的工程因此被迫中止。这么多人因病死伤，加上随之产生的额外费用，迫使我们放弃建业。

但还不止这些，还有更多。

> 这个国家时局不稳定始终给我们造成困扰，堪称最严重的一大因素。对我们的大部分工作而言，几乎看不到有政府干预，而有政府干预的时候又很少或索性没有公正可言。

排外情绪也升至顶峰。"似乎根本找不到保护自己的办法。"牧师警告说，"在政局稳定之前，我们应该预见这类严重的阻碍会持续存在。"

最糟糕的消息来自四川一带的华南传教会，路易斯牧师

(Spencer Lewis)在报告中写道：

> 一年前，我们报告过余栋臣引发的大范围骚乱，此人带着数千名追随者烧杀掳掠，外国人和华人基督徒都是他特别仇视的对象。
>
> 整个传教会的工作因此停滞，有两三个会所一度关闭，还有一个分部的工作在遭受暴行后彻底终结。在这个动荡的地区，新教传道几乎没什么发展，但许多新教徒的财物受损，乃至处于危难之中，幸而无人丧生。
>
> 罗马天主教基督徒的情况则有不同。许多人丧生，超过1万名身无分文的难民在数月内靠重庆的传教经费购买的救济粮存活……
>
> 今年因时局而遭受的损失比去年更甚。暴行过去数月后，余栋臣才被抓获，但需要更长的时间才能等到世道太平，足以安心出行……
>
> 今年春天，四处盛行外国人偷小孩、吃小孩的谣言。

前一年，就连海勒姆也被攻击了。当时他正穿越南边的外城，要去火车站接一位来访的主教及其妻女，但他和女儿梅布尔（Mabel）在途中被一群暴徒袭击，被人投掷泥块和大石块，他的头部和身体数次被砸中，幸好没受重伤。

问题是怎么回去。那天是节日，京城的街头人山人海。虽然海勒姆已向警察局报告了刚才受到围攻的事，但没什么用，他便决定回程时走另一条路线。

然而也不顺利。

说来也巧，主教及其家人、海勒姆和女儿在归途中又遇到了一次攻击，这次的攻击对象是英国公使馆的秘书。那些愤怒的反对者看到这一行外国人中还有卫理公会的人，索性冲了过去。

几个月后，主教在写给一家基督教杂志的信中描述了当时的情景：

> 他们像魔鬼一般大声吼叫，从空地那头冲过来，一路捡起土块、砖块——看到什么够硬就拿什么。洛瑞博士一直关注着他们的动向，便跳下轿子，从轿夫手中夺过一条很沉的轿子的撑柄，面对冲过来的暴徒……洛瑞博士左右开弓，其所到之处，怯弱的围攻者躲闪散开，狼狈逃窜。但终究寡不敌众，他无法同时抵挡来自四面八方的攻击。
>
> 他以为顶多200人参与了打砸围攻，但那些人后面还有几千人，其中不乏衣冠楚楚的人在给暴徒叫好鼓劲儿……
>
> 与此同时，勇敢的洛瑞博士来回奔走，击退众人，还吩咐轿夫抬起轿子，继续前进……

海勒姆一行人终于回到卫理公会传教所的大院时，"他的衣服已是污迹斑斑,头上脸上都擦破了,血流不止,后来的检查表明他被打断了一根肋骨"。

山雨欲来风满楼。根据所有的报告来看,对外国传教士来说,未来的走势很不乐观。尽管他们已经接受了无数挑战,并预见了更多艰难,成都的牧师还是在1899年的报告中总结了传教团队的看法:纵是不情愿,也不得不离开中国了。

"我们中的一些人笃信传教的天命召唤的是——去远方。在某些情况下,是不是也会有同样明了的呼召——留下来?"

Chapter
03

第三章

在几种职业间横跳

在中国，我成为一个年轻的作家，还是穷。

妈妈来北京的那年，我回迈阿密过了圣诞假。我琢磨着，可以找家有餐饮部的酒店，在厨房里干几个月，攒点钱再回中国。圣诞夜，我和一个朋友去一家小夜店玩，就是她带萨拉来的。

我对她几乎是一见钟情。萨拉是陶瓷艺术家，像个小精灵，头发挑染成金色。那时，她是趁假期回佛罗里达南部探望父母。她自己住在底特律。我们相识的当天晚上就接吻了，几天后在海滩边吃了越南春卷。她有创意，敏感、有趣、精灵古怪，我被她迷住了。放完假，她回了底特律。

我很纠结。我终于熬过了那段没亲没故、搬到地球另一边的糟心日子，现在上海的情况看起来还不错。我去底特律看萨拉，思考接下去该怎么办。第一天晚上，她带我去了一家老式的美式意大利餐厅，就是铺着格子桌布、菜单上的每一样东西都像是淹死在血红色番茄酱里的那种店。

我见到了她的老板：一位经营画廊、支持年轻艺术家的富有的老妇,晚饭后,我们去了一家酒吧,那里刚好在展示萨拉的一些膨胀颜料画,于是,我又见到了她的朋友们。底特律是个不简单的城市,挨过多年的荒疏,如今到处是犯罪,遍地衰败。如果你能够忍受这些,租金倒是很便宜,工作室的空间也够宽敞。这城市拥有创造的传统,特别在音乐方面。你用1万美元就能买栋房子,但你得自己修复。艺术家们渐渐沿着卡斯走廊迁回这里。没人锁车门,并不是因为安全,而是恰恰相反:想赚点快钱的小偷、无家可归的流浪汉会在车里翻找任何值钱的东西,如果你锁了车门,他们反而会砸破车窗进去偷,还不如让他们随心所欲地翻去吧。

我在那间酒吧里喝多了。见到那些在市中心如此生活的艺术家们让我非常兴奋,他们以自己的方式逃离了美国城郊生活,却没有离开美国,他们的作品被当地的当代艺术博物馆收藏、展览。感觉非常有活力。他们都是萨拉的朋友。

展览结束后,我和萨拉回到她的公寓,躺在床上,我觉得很不舒服。豪饮之后,我得付出代价了。萨拉的床是靠墙边放的,我躺在里面。无处可去。我看看萨拉,又看看墙,实在没有选择。我吐了个干干净净,啤酒泡沫,深红色的番茄酱,以及我所有的傲气,全都喷在了她的白墙上,向地板的方向滑落。这就是我们单独共度的第一夜,在她家。

但她还是为了我,搬来了上海。

*　*　*

萨拉是8月到的。从2月我在她家墙上翻江倒海之后,她花了6个月清算底特律的生活——她的工作、她的车、她的艺术创作、她的公寓——然后飞到上海。我们把床搬到了石库门公寓最里面的小房间,卧室太小了,床沿顶到墙,两边都是。我赚得不多,房租大约是4000块,我们的日子过得很简朴。我答应她,在她找到一份她中意的工作前,就由我来养家。我希望她做艺术,把她的陶瓷技艺融入中国的艺术传统,和我的朋友们做朋友,比我更轻松地融入这个新世界。

但是,从底特律到上海的这6个月里,有些状况发生了改变。两地相距太远,以至于很难维系原有的人际关系。在底特律,她有自己的生活圈,有众多朋友和扶持她艺术事业的关系网。她有自己的创作,投身于艺术家群体,并因此兴致勃勃。那是她表达自我的方式,与世界互动的方式。我当时不明白——要等几年以后才领悟到——我不能把她从美国的生活中连根拔起,再轻而易举地移植到上海的土地上。她在底特律拥有一切,所有朋友都在那儿。而在上海,她只有我。

*　*　*

写了一年,然后两年,我在 *SH* 杂志慢慢适应了"正常"世界的生活。如何在截稿期内、在压力下写出稿件让我呕心沥血。（第一天上班时我显然对自己的能力过于乐观了。）我的稿件都由丹进行编辑，在他的耐心引导下，我渐渐找到了自己写作的风格。我写出了几篇好文章，且不说写作技艺如何，光是那股精气神儿就让我至今都很自豪，而且，我对这座城市的了解与日俱增。这份工作给了我正当提问的机会，让我问出一个又一个问题，美其名曰"工作需要"，但实际上只是出于我打破砂锅问到底的好奇心。我学到了一点：不管写作的主题是什么，只有当你渴望更深刻地了解人性、了解我们周围的世界，乃至最终了解我们自己时，你才能写出最好的文章。采访别人时，我总是试图厘清究竟是什么让他们那么独特，他们与这世界上的他者又有哪些共同点。

  2008年的某天下午，我在陕西南路靠近高架的地方和卖羊肉串的人聊了起来。等他烤好羊肉串的时候，我随口问他去哪里买羊肉，结果收获了一条线索：原来，有一个大型自由市场，只在周五出摊。顺着这条线索，我写了一篇关于周五清真集市的封面专题。这个集市开在上海最大的清真寺——沪西清真寺的门外，来自中国各地的穆斯林、回族、维吾尔族、上海人和河南人、云南妇女和甘肃汉子……会在中午礼拜前的几小时聚集在那儿，吃饭，购物。回想当年，那个集市还很自由，不是正规设立的，但规模超大。装满新鲜羊肉的面包车就停在路边，摆出烤架，挂出羊肉——就是他们把羊肉卖给了烤羊肉串的小贩。夏季，小贩们会用巨大的冰块做刨冰，淋上酸奶、蜂蜜和金色的葡萄干。冬季，人们去吃热气腾腾的羊肺子、羊肠子，这些都是新疆人过年过节时的菜，一年四季都很受欢迎。

时至今日，这个集市已成了中外游客的观光目的地，但在当年鲜为人知，只有上海穆斯林社群的人知道。我把文章的配图交给杂志社的平面设计师时，那几个上海本地人问我：这是在哪个国家拍的？我说：普陀。那一周的封面故事就是这么来的。

到了 2008 年秋天，我已融入了新角色，作为一个死脑筋的美食撰稿人还算小有名气。我已学会了放弃一点完美主义——就算是厨师时代的余孽吧——我开始不像厨师而像顾客那样去思考了，对我来说，这种视角转换有点划时代的意义。我喜欢加入上海人的热议话题，也乐于分享我在探索这座城市时收获的新知旧闻。我开始喜欢坐下来工作了。我完全可以再干一阵子。但杂志撑不下去了。

2008 年年底，杂志社倒闭了，但我心意已决：写作这事儿不能到此为止。我不知道自己会不会重返厨房——这将永远是个可选项——但我清楚自己还没准备好重操旧业。所以，我又进了一家做网站的小公司，想当年，大家都认为这家公司在做的事挺有风险的。

2003 年，SmartShanghai 开始为外籍人士运营在线论坛，这是一个略懂编程的德国人的副业项目。公司在 2009 年停运了这个项目，因为论坛里尽是下流货色，很难管理；接着，改头换面，打造在线杂志，对标美国的《纽约》(New York)杂志。和我在 SH 里做过的生活方式内容很相似，但只有网络版。周一早上无须审校打样，周末没有实体杂志供你把玩。事到如今，网络突飞猛进，人人微信不离手，回头去看似乎很荒谬——但在当时，那确实好比一场豪赌。广告商会为屏幕上的几个像素一掷千金吗？

SmartShanghai 给了我互联网的全部自由，有如空白的石板任我挥洒。我想做什么就去做，想怎么做就怎么做；把 SH 杂志规定的每周 3 篇评论、1 篇八卦专栏和专题文章全部抛到九霄云外好了。在这里，我每天想写多少就写多少，没有固定的截稿期。摩根和亚历克斯尊重我的工作。他们不介入我的写作。我的工作完全由我自己来定。

那已是上一个时代了。那时没有《米其林指南》，没有米其林餐厅，没有大众点评网（至少没有今天这么强大），也没有数不胜数的西餐厅。我们的办公室在江苏路，是一个仓库改建的。每天去上班的路上，我会经过一个江湖牙医——没有执照，只有一张牙医椅；还会经过在街头杀鸡卖鸡的小贩——留下了很多血迹和一地鸡毛；还有一家"绅士俱乐部"，坐落于一栋没有标识的房子里，看大门的是一位坐在折叠椅上、对着一部对讲机聊天的老男人。

我们的仓库办公室非常大，整整 3 层楼，天花板很高，保留了没装修的工业风。白天,加拿大籍的总编会尽量赶在中午前进办公室,因为前一天晚上喝伏特加汤力水喝到很晚。一到办公室,他就戴上耳机,用一些愚蠢的网站和电影消解宿醉。总的来说,他根本不管我,放手让我去做我想做的事。

我变成了调查员、义务督查员。坊间风传著名的法国连锁面包店 Paul 濒于破产时,我千辛万苦争取到了一个机会,当面采访法国老板夫妇,他们口口声声说一切都好。一个月后,所有门店都关了。

当我发现这家面包店的经理、甚至烘焙师都曾用化名在 SmartShanghai 上对竞争对手发表恶毒的负面评论后,我公布了他们的真实姓名和这种不地道的做法。还有一个特别滑头的餐厅老板照搬了温哥华的一家比利时贻贝薯条餐厅,把店开在了上海复兴公园附近,我联系到了加拿大的餐厅老板,写了一篇文章发表出来以正视听。

我发现餐饮业界到处都有欺诈和可疑的行径,幸好我有当厨师的经验,让我免受严厉的批评。我依然保有厨房里的强硬态度。我要与这些骗子老板斗到底,并视其为自己的职责。

* * *

刘,天生矮胖,在欧洲大陆最有名的一些餐厅担任厨师多年,后来就越来越胖。他是甘肃人,在 2010 年世博会前回到中国,定居上海。后来,他将在博古斯烹饪学院法式餐厅荣居高位,担任主厨:这是法国最著名的烹饪学校之一,这家餐厅好比是博古斯在亚洲的前哨站。但那是好几个月以后的事了,这期间,他很想露一手。

他和太太把家安在南昌路的一栋3层小楼里,法国梧桐让这条小路洋溢着欧洲气息,绿树成荫,街边尽是精品店和咖啡馆。他们没有做任何宣传。位于顶楼的高级餐厅只有10个座位,只能靠口耳相传来预订。刘和欧洲厨师们的照片排列在楼梯边,上楼时就能看到。用来冰镇葡萄酒和香槟酒的是一只倒满冰块的复古爪脚浴缸。

风传一时,我也终于听说了这家由天才厨师掌勺的豪华私房餐厅,就花了大约1000元人民币订了个座位。刘一直吹嘘他在欧洲工作多年,在数家餐馆中的职位都很高,但端上来的食物并不匹配他的自夸。烹饪的手法很业余,食材显然很便宜。同桌的其他食客似乎都没有注意到这些。我什么都没说。但是,当 Time Out 杂志把刘的照片登上封面,并在专题采访中列出他在欧洲的履历时,我开始深挖了。

一连几个月,我给法国、西班牙的厨师们打电话、发电邮。朋友们帮我翻译。最终,我证实了自己最初的猜测。刘声称自己当了多年的副主厨——只比主厨低一级——但实际上只干了几个月,职位相当于实习生。刘声称在 el Bulli——当时以西班牙式分子、泡沫料理闻名全球的最著名的餐厅——干了几个月,但真正在那儿工作的厨师告诉我：从没听说过这个人。

证据在手，我才请求刘接受采访。在一个周末的早晨，我让最强壮魁梧的朋友当保镖，陪我去了南昌路。穿着白色厨师短外套的刘出来迎接，把我们领到一楼的沙龙。我问了他一些简单的问题。他告诉我们，他在欧洲担任过哪些厨房要职。我们到户外拍了些照片。

我们回到沙龙后，我改变了策略。这一次，我用我收集到的来自一位又一位厨师的证据与刘对质。我把我和某位厨师的通信往来拿给他看，他说"他们肯定搞错了"。他还对我说，要想弄清楚，就去找谁谁谈。结果，我给他看的正是那个人发来的电邮。我们如此对质了几分钟，他越来越生气，最后索性把我们赶出了餐厅。刘确实是厨师，哪怕算不上非常好的大厨。但他一直在以虚高的价格向不知情的食客兜售子虚乌有的丰富经验。那就是诈骗。

我对手头的铁证很满意，就开始写关于刘的文章。然后，电邮轰炸开始了。那些自称是律师的人用写完就废的公共邮箱账户给我写信，威胁我说，如果我敢写任何关于刘的文章，他们保证能让我丢了饭碗，再把我赶出中国。SmartShanghai 不想惹事，就此放弃。

几周后，我发现博古斯烹饪学院把刘解雇了。他的餐厅神秘地关张了。那篇报道压根儿没有登出来。

89

*　*　*

离我的 30 岁生日只有几个月了，我想要健康保险。在美国时，我是一个年轻的厨师，太穷了，买不起保险；在中国，我成为一个年轻的作家，还是穷。在美国，厨师拿多少钱就是个鬼打墙的悖论：你供职的餐厅越好，竞争同一个职位的人就越多，所以你得到的报酬就越少——而我就在最好的餐厅工作。厨房外的生活也是修罗场。除了食物、汽车保险和下班后的几瓶啤酒，我几乎也买不起更多东西了。我初到上海时拿的工资和中国副厨师一样：月薪 1 万元人民币。房租是 4300 元。靠写东西赚的就更少了。

在中国的外国人和所有人一样要缴税，但我们很少享用公共福利。中国公立医院的系统和流程之复杂实在令人难以招架，更不用说还有语言障碍。公立医院是我们负担得起的，但进不了门。此外，私营外资医院也很多，要享受医疗服务也很方便——付钱即可——但我们负担不起，至少，没有保险的话就太贵了。10 多年来，我一直生活在后顾之忧中，唯恐受伤、被车撞甚至染上小毛病。就医成了一种奢侈。上一次我胃部刺痛，痛到跪倒在地后，为之付出的账单是我半个月的工资。我不想再过没有医疗保障的日子了。

因此，我向 SmartShanghai 的老板提出要加薪，每月多加 1000 元，以支付最基本的个人健康保险费。当时，因为公司拒绝发表那篇关于刘的报道,我本来就气到胸闷,紧接着,老板又雇用了合作伙伴的妻子,至于她担任什么职位,我们谁也搞不清楚。所以,当老板对我说,对不起,没有每月额外的1000块给我时,我气炸了,当面辱骂了他的合作伙伴和他的妻子,然后冲出了仓库办公室。极其幼稚。极其过瘾。至于接下来该怎么办,我毫无头绪。

* * *

我和萨拉的感情也不太顺遂。她来中国已经两年了,却没有交到太多朋友。她在我朋友的摄影画廊打工,拿最低的工资。我们同意她应该用这笔钱租个小工作室,不用上班的时候就进行艺术创作。感情中的压力需要释放,我和她都希望艺术创作和独立空间能达成这种效果。但她很少去。和她在底特律的艺术社群失去联系后,她要艰难地靠自己找到创作动力。上海的艺术圈——粗暴的商业化——只会让这件事变得更难。我不知道怎样才能帮到她。有一天过了午夜,她接到底特律打来的电话,她最好的朋友在电话里泣不成声,因为她的丈夫在地下室打鼓时因心脏病发作而去世。当时,我的心一沉。我知道她第二天早上就会去机场,回底特律的家,去安慰她最好的朋友,去拜访更多的朋友;而我不知道她是否还会回来。

我也有自己的问题,到处碰钉子。我太清高,太顶真了,死活都不肯为上海的其他英文杂志写稿,因为那些杂志只会给付费的客户刊登软文。次年夏天就要举办世博会了,我向自己保证,肯定会在那之前离开上海。我有好几个密友都走了。我还没走,我旅行,我下厨,我为企业客户做自由撰稿,我去当DJ,不管是真是假,都是为了赚点快钱。

* * *

我在夜里抵达蚌埠,看到自己的照片被贴在LADY GAGA俱乐部的正门口。照片上的我手持一张黑胶唱片挡在胸前,剃光的脑袋上罩着黑色连帽运动衫,背景是一些时尚奢侈品的海报。照片是某天下午在上海的南京西路拍的,为了拍出所谓官方媒体照的感觉,我摆出了那种傻乎乎的姿势。我在电脑屏幕上看过这张照片,但那是小尺寸的,现在,俱乐部把它放大了,大得吓人——足有3层楼那么高。印在照片上的一排大字写着:美国第一DJ。这个称谓的事实含量为三分之二。我是DJ,我来自美国。但不管论什么我都不是排名第一的大人物——说得好像DJ可以用量化指标来排名一样——显然,我也不出名。我只是个底层佣金打碟手,周末在夜总会里放放别人的音乐,装模作样地打打碟,纯粹为了好玩,顺便赚点现金。那几年里,我一直在大上海流窜打碟。但这种玩法在蚌埠就不够用了。他们必须把我打造成最棒的DJ。我对着巨幅海报上自己的大脸拍了一张快照，然后就和俱乐部的销售们一起去吃饭。

那就是玩玩的。没有一个蚌埠人会正儿八经地相信，会有个超级明星 DJ 在星期四晚上到他们本地的巴洛克装潢风的夜店演出。就算有人一时糊涂信了一秒钟，别人也会在眨眼间打消他们的妄念。我跳进 DJ 台，一边打碟一边挥动手臂，5 分钟后，就没人再多看我一眼了。他们的注意力回到了一箱一箱的啤酒和骰子上面去了。我只是在循环播放当年的前 40 名热门金曲。我装出很投入的样子。一小时后，我回到了酒店房间，兜里揣着 2500 元人民币，心无挂碍，就等着回上海继续当穷得叮当响的自由撰稿人。我是一个假 DJ。

在没有社交媒体的那个年代里，这种事易如反掌。去小场子打碟只是借口，能让我去看看从未去过的城市和某些地方——比如河南的小城镇、渤海岸港口工人们去的夜店——但我有些朋友是全职干这个的。他们纵横大江南北，播放预先在电脑里编录好的 DJ 舞曲，只须按下播放键，就能凭借他们的外国脸以及每天晚上都当排名第一的著名 DJ 新星的主观意愿，每月赚足几万块。

在重庆，有家夜店在店堂里搭起了一条巨龙，只须按一下按钮，巨龙就会在舞池里喷出火焰和烟雾，DJ Mr. Stokes 就在龙头上打碟。在上海的衡山路，DJ El Nomo 的副业是在人挤人的夜店里推一辆摇摇晃晃的手推车，车里装着一桶极其危险的液氮——可以冻除疣子的那种化学品，他要把草莓沾一沾冷冻的液体，献给聚在桌边开派对的人们。换到医疗环境中，处理液氮的人要佩戴护目镜和厚厚的耐低温手套以防止发生事故；但他们发给 El Nomo 的只有一包穿草莓的扦子和一把厨用钳子，他们还叫他玩得开心点。所有人竟然都活下来了。

并不都是小打小闹的小骗局。DJ 常常要和舞者配合表演，舞者来自全国各地。在天津，我第一次见到了卡佳。她是俄罗斯人，来自中国北部边境的一个河边小镇，不太会说英语，中文比英语还差，但她是来中国找工作的。她很高，金发，很漂亮，很快就和一个夜店老板发生了"关系"，每周 7 晚她都在他的店里表演。她的"男朋友"偶尔也会允许她离开她生活的那个北方城市，到中国各地演出。他把她看得很紧。

我们到酒店后，情势就变得很不妙。卡佳把电话递给前台服务员。电话的那一端就是那位男朋友，他开始询问服务员。

他想知道卡佳和谁在一起（有个 DJ，还有个企宣），她是如何从机场到酒店的（出租车），她会入住哪个房间，其他人会住哪些房间，诸如此类的问题。审问结束后，我们上楼，分头去自己的房间，一小时后在大堂集合。集合的时候，她还得打电话。男朋友再次询问服务员，这次问的是：她要去干吗（吃饭），去哪家餐厅（挺烂的一家），和谁（DJ 和企宣），他们什么时候回来（服务员真的不知道）。

等我们到了餐馆，以及之后的每一站，都要来一遍这样的电话审问。之后，她在酒吧的高台上跳舞，用完全听不出口音、几近完美的英语唱了夏奇拉（Shakira）的歌，这就是我们"排名第一"的著名表演。演出后，她跟我说了实话：他盯紧她的人，也管住了她的钱。

早上，审问继续（昨晚是否有人进过她的房间？）。她坐出租车，比我走得早；她必须当晚回到男朋友的店里跳舞。后来我再也没见过卡佳。

西递古镇的婚礼

带上酒。带上邀请函。照我说的做。

过了冬天,萨拉从底特律回来了。一切状况都没有变好。我看得出来,我们的关系仍在恶化,因为她没有按照我期许的那样融入这个世界,因为她始终有种不安全感,我就总带着倨傲的蔑视为自己找理由,表现得冷淡又疏离。我的冷漠只会让一切变得更糟。我从小就习惯了父亲的沉默,他总是拒绝表露情感和认可,在我心目中,那就是对我的惩罚,我讨厌那样,但现在我就是那样对待萨拉的。我无法控制自己。我很迷茫,很困惑,完全是个混蛋。

终于到了夏天,我跑到泰国待了一个月,算是去追梦吧——在曼谷的一位澳大利亚厨师手下干活,他写了一本关于泰国菜的美食书,书名就叫《泰国菜》(*Thai Food*)。我不想在上海再找厨师的工作了。能匹配我职业经历的餐厅只有一个,要去的话,就意味着又要为保罗·派瑞特工作了,我不愿意。那里的欺凌、大男子主义和完美主义啊——我好不容易才摆脱的,何必再入虎口。

几年前，贾勒特把他在 *SH* 杂志的工作转让给我后，搬去了曼谷，而我因此开始了写作者的历程。当时，他正在准备开一家泰国餐馆。擅长交际的他和澳大利亚厨师大卫·汤普森交上了朋友，为我争取到在汤普森的厨房里工作一个月的机会（没有报酬）；我到泰国的当晚，他还带我去街头喝啤酒、吃烤鸡翅。我心想，这次肯定会有起色的。贾勒特告诉我，泰国厨师们在厨房里干活时都很敏感，对于命令、纪律和批评，他们会斤斤计较。他说，但凡你的嗓门大一点，他们就甩手不干了。这岂不是很好。我心想。这位多年专攻泰国菜的澳大利亚厨师肯定擅长沟通和交际。而且，他是个同性恋。他的丈夫是泰国人。他肯定不会用那套大男子主义厨房霸凌话术。

他没把我放在眼里。我在汤普森的曼谷厨房里干活的第一天，他就待在自己的办公室里。没关系。我不知道自己要做什么，也不知道厨房里有什么规矩。如果你把我扔进法式或意式厨房里，我可以在 10 分钟内摸清状况。但在融合了西方烹饪元素（有烤架、冷盘沙拉）和中式厨具（有炒锅和配套的炉灶、烤肉专用的烤炉）的泰式厨房里该怎么办？我没主意。

就连西式厨房中最基本的配料——鸡汤，泰式的做法也不一样。我知道这一点，因为第一天我花了好几个小时从鸡身上掏出内脏，留作备用。在我熟悉的烹饪世界里，我们会先烤鸡骨，再和胡萝卜、洋葱、芹菜和香料一起炖上一宿。

在这里，他们用整鸡，先焯水，再和柠檬草、姜一起煮一两个小时。

天差地别。我必须从头学，从每一个细节学起。这让我满心欢喜。

然后，大卫现身了。第二天傍晚，就在厨师们去吃晚餐前，他在厨房里转了一圈，尝尝这个，闻闻那个。他很平静，很温和，说一口流利的泰语。然后，他发现了不太满意的东西，就开始吼叫。很大声。用泰语。

大家都低头看地板，所以我也低头看。

妈的。我盯着自己的鞋子，在心里骂了一句。

我对他有既定印象。而我错了。

我听不懂他在说什么，但也不需要字字句句都听懂。每个愤怒的大厨对可怜的小厨师们吼叫的屁话都是大同小异的；小厨师们按部就班在流水线上操作，可能犯了个错，而所谓的"错"也可能只是在错误的时间出现在错误的地点。

我对这个月期待很高，对这个厨房期待很高。本来，这可以是离开中国前的过渡，让我重回厨界，让我转到新的厨艺领域，然而，过完那天，我就明白这一切都不会发生了。

那个月剩下的时间里，我一直在打杂，清理鸡内脏，剥泰国葱，剥椰肉做成椰奶，尽是没人想要的、卑微的见习厨师做的琐碎工作。

最后一天，我到底还是开口问了汤普森，说我想要一份工作，哪怕我很清楚他会怎么回答。

"对不起，我们没有足够的工作签证。"他冷冷地答道。第二天，我就飞回了中国。

* * *

飞机在傍晚时分降落，我回到家时差不多是吃晚饭的点儿。我以为会在客厅里看到萨拉，但她躺在床上，被子几乎蒙住了头。她在轻轻地哭。

"发生什么事了？"我问道。那天下午我给她发消息，她都没有回复，我还以为分开一个月后她会很高兴见到我呢。

泪水涟涟的她几乎说不出话来。

"有个男人……"她说。

"他……推……我……"

这时候，我们已经搬到另一条弄堂里的顶楼，在淮海路较安静的那一头，在各种小店和商场的西边。

她一边啜泣、哽咽，一边跟我讲了事情的经过，想到哪儿说到哪儿。

当时她在淮海路过马路，从这边走到那边时，她在路中间停下，等车子开过去。突然，有人在她后面用双手推了一把，她就被推到了前面的车道上。一头栽进迎面而来的车流中时，她转过身瞥了一眼，看到一个长发蓬乱、身穿军绿色夹克、目露凶光的男人。他趁她不注意，潜到她身后，把她推到了东向车道上。这个无家可归的男人——或者说看起来像无家可归——从头到尾没说过一个字。汽车在她身边按响喇叭，急转弯。她差一点儿被撞死。可他就那样走了。

她自己站起来，走到了马路对面。附近一家银行外的两名保安目睹了这一幕。她走向他们，寻求帮助。但他们挥挥手，让她走。她不知道该怎么做，该给谁打电话，也不确定那个男人会不会又凭空冒出来。她再次穿过马路，原路返回，回到床上——唯一能让她有安全感的地方。

我打电话报警。那男人推她已是几小时前的事，但我们能做的似乎只有报警了。不出几分钟，就有一个警察骑着摩托车，停在我们的巷子里，听我把事情又说了一遍。萨拉留在床上。那个警察很客气，也很有同情心，听完后，他说了一句挺奇怪的话："这不是针对外国人的暴力事件。"

世博会正在如火如荼地进行，上海正以最好的姿态迎接游客。但我没有对这位警察说过一个涉及仇外的字眼。在我想来，这件事就是和精神病患者起了点摩擦，但警察却在担心别的问题。事情就变得有点棘手了。他让我带萨拉去派出所做一份笔录。

我们到派出所的时候，天已经黑了。树脂玻璃窗后面的警官很大声地问我们想要干什么，于是，我开始解释来龙去脉。

"那你想让我做什么呢？事情已经发生了。"警察反问道。

显然，这次不会像摩托警那样容易沟通了。

我提议说，也许，他们可以去找找那个人，以防他再对别人做这种事。萨拉清清楚楚地描述了他的长相和事发时间。这个街区的两头都有摄像头。也许他们该看一看监控录像？

警察进了后面的一个房间，几分钟后回来了。

"我们什么都没看到，"他说，"那么，你们还想怎么样？"

"我们可以录一份笔录吗？"我问。

"要笔录做什么？什么用处都没有啊。"警察说。

萨拉又开始哭了。

"你安慰安慰她。"警官开始责备我。

他们最不想看到的就是有个外国人坐在他们的办事大厅里哭。

很明显，他们不打算让我们留下文书报告。萨拉在几个小时前就受到了伤害，现在，警察不相信她，或是不愿相信她，就算相信也不想处理这件事。

警官从玻璃窗口走开了。事情明摆着：此事到此结束。

我们回家，没跟任何人说过这件事。但我们都受到了很大的震动。我第一次意识到，假如我们真的遭遇了什么坏事，就只得靠自己。

* * *

这一年余下的日子里，我和萨拉都在勉强维系这段关系。

她需要安全感，而我想退出。因为是我邀请她搬到中国来的，我为此深感内疚，也觉得自己该对目前的情况负有全责。她离开了亲朋好友，放弃了她在底特律艺术界的立足之地，和各种艺术家社群都断绝了联系，而这一切都是为了什么？为了一个半吊子的美食作者、自由撰稿人，靠给公司写文案才能凑合过活的人，这家伙还不能全心全意地让她幸福？我羞惭难当。这完全不是在迈阿密的那一周、在底特律的那一周的那种恋爱。我想结束这段关系，但我没有勇气。我知道这样做是不对的。更何况，萨拉比我大，已经30多岁了，她想要个孩子。如果我现在和她分手，她可能很难在最短的时间里找到别人，满足这个愿望。

我不知道怎么做才好。心头的压力与日俱增，抑郁情绪默默积压。我没法开口和她谈论这一切，由此产生的沉默却让她越发困惑了。我被困在不断下沉的漩涡里。我需要做出一些承诺，对萨拉，或对我自己。

我向一位密友求助。有一天，我们在茶餐厅吃午饭，我把这事跟他说了。我很纠结：如果我对萨拉做出承诺，就真的能过自己这一关吗，真的能打消我的疑虑吗？

是啊，他说。这很正常。没有人是完美的。接受这一点，当个堂堂正正的男人。他对我说。我们都有这种疑虑。在你做出决定之前，疑虑的情绪往往最强烈。你应该把话说清楚。

　　　　　　　＊　＊　＊

　　我奶奶80多岁了，快要死了。是妈妈告诉我的，说她已在弥留之际，顶多还有几天。我立刻飞了回去。全家人都飞到肯塔基州看她，握着她的手，在她的疗养院房间里祈祷到深夜。

　　暂时脱离我在上海的生活，目睹了家庭的力量，这向我揭示了某种重大的真谛。在异国他乡生活时，我们组建"自己"的家庭，但回到国内，家庭关系就意味着几代人的血脉牵连。我需要在生活中拥有自己的家庭，我打定了主意。我不能再那么自私了。我需要和萨拉结婚。

　　奶奶在服用吗啡，因为药效，也因为她和死神只有一线之隔，那些日子的大部分时间里她都处于神志不清的状态。她昏睡的时候，我们聚集在那个房间里，读她十几岁时写的日记，听亲戚讲起她年轻时的故事——她曾是个年轻又漂亮的电话接线员。她会短暂地醒来，响亮地和多年前就去世的人交谈，也许她在准备与他们重逢吧。

　　第二天，我坐在她身边，握着她的手。我跟她说，我现在住在中国，还有萨拉，我们要结婚。我不知道她能不能听到我的话，也不知道她是不是清醒，直到她终于睁开了眼睛。

　　"她听起来很可爱。"奶奶口齿清晰地说道。她一直在听。

　　奶奶把一只手放到另一只手上，摘下了她的结婚戒指。那是一只朴素的环戒，嵌着很小的碎钻，是奶奶和爷爷没什么钱的时候买的，她已经戴了60多年了。奶奶把它给了我。

那天晚上，她去世了。

* * *

我让萨拉收拾一下，带好护照和一套换洗衣物。目的地暂且保密。那是1月底，她过生日的时候，我准备给她一次惊喜。我动用了一些在酒店业界、媒体业界的私人关系，直奔101层楼的上海环球金融中心87层的柏悦酒店。5年前，我——孤独的年轻厨师——曾俯瞰这栋摩天大楼打下地基；现在，也将在这里打下我未来人生最重要的基石——能让我永远摆脱孤寂的基石。我必须鼓起勇气。

订了一张双人桌，还在餐厅几层楼下的五星酒店订了个昂贵的房间。我们到达后换乘了几部电梯，终于到了餐厅。从身边的玻璃窗往下看，只见这个城市的灯光旖旎璀璨。

我们的客房在92层，正好能俯瞰东方明珠——高高凌驾于粉红色的光球之上。马桶是感应式的，你一进卫生间，马桶盖就会自动翻开。淋浴间比我们的卧室还大。我们整个下午都赖在床上，然后去100层楼吃晚餐。

我点了生蚝和香槟。就算萨拉猜到我有何打算，她也只字未提，当我起身离座，单膝跪地时，她立刻就哭了出来。我清洗了奶奶给我的戒指，重新打磨，调整为她手指的尺寸，现在，我把戒指递给了她。我爱她，我对她说，我希望她能成为我的妻子。我希望给她渴望拥有的安全感。"愿意嫁给我吗？"

她答应了。我们享用了生蚝和香槟，从身边的玻璃窗往外观赏着灯光旖旎的浦东。世界好像变得遥远了。我们回到客房后，先给双方的父母打了电话，然后开始一一联络朋友。

几乎同时发生的是——我开始呕吐。

纯粹是我运气不好，我心里这么说。在我求婚的当夜，有只生蚝变质了。腹内翻江倒海，我开始上吐下泻。有些东西正在拼死逃离我的身体，而我能做的只是听任五脏六腑随之翻腾。那是我此生用过的最智能的马桶，而且是脸孔贴着它用的。吐的时候，我把淋浴的水龙头打开，让水声来遮掩。我心想，忍一下就过去了。我以前就经历过好几次食物中毒，发作的时候都很可怕，但通常很快就会过去。到了早上，我肯定就会好了。

醒来时，我满头大汗。那天我要去的地方只有一个：卫浴间。我对萨拉说，不要管我，自己去吃早餐吧，然后继续不要管我，去85层的游泳池吧，我要在这里进行某种驱魔仪式。我们已经安排好了，当晚要和最要好的朋友们聚餐庆祝，宣布我们订婚。订好的饭店是一家四川菜。但我这副鬼样子根本应付不了川菜：脸色惨白，浑身无力，最好随时都能投靠一个舒适的洗手间。这次没法速战速决了。

无论如何，我去了。不能吃，不能喝——但我总不能缺席我自己的订婚派对吧！这是新生活的开始。我至少要参与一部分。厨师的招牌菜——老坛子蟹——端出来时,我从萨拉身边走开,独自回家。我的身体正在试图告诉我一些事情。那不关生蚝的事。

* * *

我们计划在4月举办婚礼。我们没多少钱,不用问也知道我们负担不起大场面。我们觉得可以邀请中国朋友,先办个小小的庆祝派对,反正以后总会在美国和两家人团聚,到时候——等我们攒够了钱——再办个大一点的婚礼。

萨拉想要在户外办。她脑海中想象的是充满自然气息的山顶婚礼。朋友们向我们推荐了一家安徽南部的民宿,他们住过,说是很漂亮。那家民宿坐落在西递古镇里,古镇就在山间田野之中。

2月份,我们去西递看了看。我们坐在内院里和经营民宿的两位女士聊起天来,原来,我们所坐的位置以前是猪圈。我们跟她们说了自己的计划,她们说店主刚刚翻新了一套清朝富商的房舍,离这里有20分钟的车程,在乡下。那栋房子有9个房间,周围都已是菜地,好不容易修整出来了。

确实很宏伟,高高的白墙,黑色的瓦顶。屋主莉莉用附近的绿茶和巷尾的黑芝麻糖招待了我们。她修复了一楼的古石雕,更换了2楼的木格窗。溪流对面就是碧山,那里即将成为作家和艺术家云集的文艺社区。莉莉的丈夫带我们穿过昔日菜籽油榨油厂的废墟,说他们刚刚买下了这个旧工厂,打算改造成第三家民宿。完美。

莉莉主动帮我们策划。我们可以用西递古镇里的老礼堂来举行婚礼,然后把宾客送到碧山吃饭、住宿。她说她认识看护老礼堂的人。都好说。她还说,不要介意敬爱堂已是联合国教科文组织认定的世界文化遗产。我们跟她说,我们付不起的。但她让我们不要担心。就这样,我们定了一个日子。我们对她说,我们4月再来,带着朋友们一起来。

* * *

黑泽尔,萨拉最好的朋友——就是她的丈夫前一年在底特律去世了——专程从底特律飞来。贾勒特从曼谷飞来。担任主婚牧师角色的是史蒂夫,萨拉早年曾在他的摄影画廊工作。我的伴郎是马尔科姆,就是他劝我克服疑虑,下定决心结婚。我在SH杂志的上司丹和他怀孕的妻子也来了。总共20来人,都是我们最亲密的老朋友。

当时还没有通往安徽黟县的高铁,从上海坐大巴要七个小时。我们在过道上堆满面包、培根和时髦的英国果酱——民宿的阿姨厨艺很好,但我们希望至少能吃到西式早餐,因为我们肯定会喝得酩酊大醉。(我也带了几瓶昂贵的威士忌、两瓶很特别的葡萄酒。)

我们在星期六下午到达西递,先让朋友们自行探索这个古镇。我和萨拉还有任务要完成。尽管我们在2月和4月之间一直保持联系,但莉莉从没确认过已帮我们预订了敬爱堂,也没有确认过费用是多少。我们猜——不如说是担心——会有3万、4万甚至5万人民币,那就比我们俩加起来的月薪还多了,那我们就付不起了。

太阳西沉的时分,朋友们打开了晚餐前的啤酒,就在这时,莉莉叫我们带上那两瓶红酒和婚礼的邀请函。我们得去西递古镇,见敬爱堂的看门人。我们暗自叫苦不迭,该死。她竟然把这么重要的事留到最后一刻去做——她肯定忘了——她压根儿就没有这层关系——如果没搞定这事,我们该怎么办?

我们从碧山出发,前往西递,开了15分钟的车,就在进入古镇前,我们在一排房子前停了下来。莉莉下了车,示意我们跟着她走。带上酒。带上邀请函。照我说的做。那是看门人的家。

莉莉敲了敲门,有个老妇人来应门。她挥挥手,本想让莉莉走,但她们紧接着就商量起来。我们站在一旁,眼看着这事儿要搞砸。我们心想,真该签一份合同的。我们不该这么相信她。莉莉说,把酒和邀请函给这个老阿姨。她要我们做的,我们都做到了,然后就回到巴士上,又迷惑,又紧张。

"怎么回事?"

"看门人不在家。"

妈的。我们人都来了。

"那,我们要在哪里办婚礼?"

"在敬爱堂呀。"

"怎么办?人家都没有确认。那个人甚至都不在家。"

"别担心啦。"莉莉说,"都很好。"

第二天从上午到中午过后,我们一直在努力摆脱严重的宿醉。我不想醉茫茫地去结婚。我和朋友们在田间跑了一圈,清醒了一下脑子,接下去就该沐浴更衣了。

我们都挤进了大巴,到了古镇,下车。20多个奇装异服的外国人走在小镇的石板路上,村民和游客们都盯着我们看。我们提前几分钟到了敬爱堂。莉莉说一切顺利,但那个景点到处都是游客,在对着巨幅书法赞叹不已。

没想到,下午4点,敬爱堂竟然对公众关闭了。负责看门的阿姨把游客们赶了出去,我们的婚礼队伍再进去。村里的民乐团跟在我们后面,一路演奏中式婚庆喜乐。莉莉确实说到做到了。后来,等仪式结束后,我们才知道是怎么回事。

当时负责照管这栋古宅的看守人是个酒鬼,为了能用这个地方办婚礼,莉莉想办法跟他拉上了关系。他想要的只是一封邀请函。但我们前一天晚上7点左右到他家门口时,他已经醉糊涂了,他的妻子不肯让他出来,为了挽回面子,她才告诉我们他不在家。搞了半天,我们借用敬爱堂根本没花钱,只用了两瓶上好的红酒。

我们把派对搬到了内院。伴娘和伴郎致辞时,我站在木舞台的一侧,满心希望没人能看透我心底的愁绪。我不想要这个婚礼,真的不想,但我认为自己必须让萨拉高兴。我觉得自己很假,但又再三劝服自己,说这一切都不重要:主婚人史蒂夫没有在任何宗教机构注册,依据中国法律,这些都不算数。我们已经在居住地的民政局签了官方文书,领到了属于我们的小红本。我不断地说服自己——这个仪式,无论看起来有多美,终究是假的。我随时都能当这一切没发生。

婚礼仪式之后的晚宴上,一众朋友都要求我讲几句。这是我第一次、也是唯一一次看到自己最亲密的朋友们像这样集聚一堂。我刚刚迈出了人生的重要一步,身边就是我很想去爱的女人。为什么我却感到如此悲伤呢?

我绞尽脑汁想说些什么,随便说几句都行,只求能掩盖我的真实感受。我感谢诸位朋友不远千里万里的到来,再告诉萨拉我爱她,并在说这些时努力保持微笑,好像什么问题都不存在——此时此刻就是"我生命中最快乐的一天"。但在内心深处,悔恨已让我无地自容。我对这个可怜的女人做了什么?我对自己做了什么?我在结婚现场就意识到自己犯了错。婚礼非但没有减轻我的疑虑和恐惧,反而让这些情绪更强烈了。我想知道,自己在彻底发疯之前还能装多久。我算哪种懦夫?我应该等多久才能离婚?

《上海小笼包指南》前后
从来没有像那几天那样，觉得自己被这里接纳了。

没过多久就泄底了。

婚姻非但没有将我们的关系巩固在牢固的双向爱情中，反而让我觉得被困住了。我一度期盼能漠视自己的疑虑，让婚姻为萨拉带去踏实感，以此平息她对这段关系的不安全感，让我们进入更幸福的处境。但是，假装的做法伤到了我。我又陷入了抑郁——这种症状从我十几岁起就一直断断续续地困扰着我。我没法把真正的烦恼向妻子坦言，而我的沉闷、与她缺乏沟通又让她心烦意乱。我们都坠入了不快乐的深渊，难以自拔。她以为我讨厌她。实际上，我是在恨自己，因为我实在太假了。心理医生也帮不了我。现在她想要个孩子。创造另一个生命？这对我来说更是可望而不可即了。安徽的婚礼过后不到两年，我们就离婚了。

真正的分开，耗费了几个月。我们没有孩子，也没有房产或更多要分的财物，只有两只猫和一张昂贵的皮沙发，但政府不知道该如何处理我们的离异。那时，两个外国人还有可能在中国结婚——只要其中一人持有有效的工作许可就可以，但是，离婚就不知道怎么办了——中国法律根本没有相应的条款。结果，我们花了几个月与（免费的）政府公职律师和调解员合作，向法官申请单方解除婚约，这是唯一的办法。最后，在春天的某个工作日上午，法官做出了裁决，调解员收回了我们的结婚证。

萨拉和我走出政府的办公楼，走到人行道上，接下去就不知道怎么办了。我们都哭了，然后拥抱。她把我奶奶的戒指还给了我。我们手挽手走到一条更宽阔的大马路上，那是我们最后一次作为一个整体存在。她叫了出租车，走了。我走到附近的一个教堂，做了祈祷。

* * *

我们的房东是位可爱的八旬老太，她的家人找对了门路，捐了足够多的钱，老太太才得以留下她们家族的老宅，这在上海市中心是很罕见的。她住2楼，我们住3楼，她看电视的时候总是敞着门，所以我们每次回家上楼经过她的房间时，她都会朝我们挥手打招呼。我们请求她允许我们装修时，她对我们说："只要别破坏地板就好——都是以前的老木头。"最顶层有个狭窄的楼梯，楼梯间就是储藏室，阶梯通向屋顶阳台，我在天台上摆了一套庞大的烧烤架和一些庭院家具。第一次烧烤时，邻居们打电话叫来了消防队。房东太太并不缺钱，只是因为她的房子太大了，又太寂寞了。租金是每月5000元。

我们的婚姻快崩解时，萨拉常在夜里大哭，声音大到房东都能听见，她就邀请我们去她屋里，用她所知道的最好的办法安慰我们，鼓励我们渡过难关，继续好合。

那之前一年，我们确实努力过了。但每一件事都太难了。萨拉是艺术家，但没有地方让她创作，虽然这套石库门老宅里有好几个房间，但她需要一个释放的出口。我想给她找个可以当工作室的地方，能让她制作陶瓷和亚克力雕塑。某个夏日的下午，我走去一连有3家房地产中介小公司的路段。走进第一家，中介一听我预算那么低就婉拒了。我对他说，我不在乎条件——条件越差，反而越合乎我的心意。我本来就打算装修。于是，他带我穿过淮海路，走进上海新邨里一个又破又烂的地方。这条里弄建于20世纪30年代，刚好夹在美国领事馆和日本总领事官邸之间。马路中央站着一名穿绿色军装的士兵。后来我听说，会有人试图翻过小巷的墙头，潜入领事馆或总领事官邸，这种事每年都会发生一两次。士兵就在那儿守株待兔。

房间里堆满了杂物，像发过神经病一样。房东是个60多岁的男人，只会讲上海话，他一直把这间屋子当作打工仔的集体宿舍出租。卫生间里只有光秃秃的水泥墙，没有淋浴设备。甚至没有水槽，只有一根水管从墙里接出来。房间里，几张双层铁架床靠墙排列，剩下的空间基本上都被发霉的沙发椅占据了。旧杂志、建筑材料和乱七八糟的垃圾全都堆在地板上。这儿就是个老鼠窝。完美。租金2500元。我立刻签字。

隔壁邻居是一对上海本地的工人夫妇。这家的爸爸在40多岁时因残疾而下岗。我一直没看出来哪里有伤残，但他缺了好多牙，这让他看起来比实际年龄老。妈妈整天都在家，在15平米的小房间里做家务。十几岁的儿子就睡在夫妻俩的头顶上：他们搭了一个廉价的木阁楼。生活很贫瘠。他们是被时代大潮抛下的上海人，没有私家车，只有一辆破旧的自行车，没有豪宅，只有一个方方正正的小房间。他们是我遇到过的最和善的邻居。

事情是从我拆掉所有东西开始的。房东花了整整一天来监督我如何清除积存多年的垃圾和污垢；邻居们从楼上楼下纷至沓来，见证了这番历史性的大清理。那地方堪比眼中钉，实际上是个蟑螂天堂，早该清理了。

我雇了一个包工头来估价。要造一个新的卫生间，这是肯定的，要贴点看起来很洁净的白瓷砖，还要个很小很小的淋浴区，但怎么算都太小了，甚至没法在淋浴间里转身。不过，房屋结构还挺好。不到一个月，包工头修复、粉刷了墙壁，厘清了纠结的电路，在卫生间里加了一个水槽、一只新马桶。从铁窗框望出去就是绿叶，那是一楼种的树；只能听到隔壁邻居电视机里的声音。

萨拉从没用过这个房间。

她忙于她的全职工作：为一家中国时装公司做橱窗设计，所以工作日里不会去工作室；周末又陷入失败的婚姻，因为伴侣（我）整日闷闷不乐而疲惫不堪，累到无法进行创意工作。

我把房子放到 Airbnb 上租出去，赚回了一点钱，但我为打扰了邻居、让陌生人进出他们的小楼而感到愧疚。

* * *

最后一次心理咨询开始了，和之前的几次没什么差别。我们找了一位婚姻咨询师，那位心理医生认为，离婚固然是最后一招，一了百了，但我们不该一上来就考虑离婚。他用来当诊所的多层独立小楼位于虹桥，很像美国中西部常见的那种小楼，有两个全职阿姨负责做饭和清洁。

我们向他讲述一筹莫展的情况时都哭了。拯救婚姻的行动不太顺利，我先要对自己坦承，然后再向萨拉和咨询师坦承，我无法保证自己在余生忠于她，且只忠于她一个人。说出这番话，一切就都结束了。我深吸一口气，忍住眼泪，克制情绪。就是这样。我想退出。这样的婚姻不是我的未来。

那个星期，我自己搬进了工作室。

每个下午，我会回石库门老宅的公寓看看我的猫，橘色长毛猫的个性非常复杂，白色小猫咪就很乖巧。我还没把自己的大部分物品搬出去。萨拉去上班的时候，我就躺在我们一起买的皮沙发上，让猫咪蜷在我腿上打盹。

搬到工作室住之后，生活变简单了。我有一张床、一张桌子和一台电脑，仅此而已。房租很便宜。邻居们都很好。我的健身房就在街对面。没有厨房，但我的工作本来就需要我下馆子吃饭。心情一言难尽，但四面白墙守住了我的理智。我不需要太多东西。在压抑真实情感很多年之后，我只想过得快乐。

离婚的流程走完之前，我没再去过石库门老宅的公寓。看到萨拉继续她的生活——没有我的生活——我觉得很不自在；但如果我待在那里，即便她在上班，也会让她觉得不自在。我失去了那些猫。

等流程走完，文件都签完了，萨拉要把结婚戒指还给我，那是我最后一次去她那儿。她去旅行了，留给我4天的时间把我的东西都搬出来。我的东西很多。我要把我们定制的沉重的木家具、我收集的数千张黑胶唱片、小家电、地毯和烧烤架都搬出来。

我无法面对这件事。直到她快回来的前两大，我的东西都还在那儿。我仓促地去找地方，想找一个能放下所有东西的地方——工作室太小了，我又没有别的公寓。有个朋友有个多余的房间，可以暂存我的家具；还有个朋友有地下室，可以暂存唱片。

我坐在楼上的公寓里，将照片分门别类，一堆是要保留的，另一堆是要扔掉的。这件事根本做不完。这么多年来,我收集了那么多东西,现在都成了我的负担。我的心里翻江倒海。我无从下手也无法决断——生活中的哪些部分是该被删除、该被丢弃的?未来尚不可知,我该如何断舍离?我的心跳加速。呼吸困难。浑身抖个不停。

这些旧物我都不想要了。我不想要过去。我不想要那些照片,那件定制家具,那些多年来收集的小玩意儿、设计材料和书籍。我把刚刚分成两堆的东西抱起来,全部扔进纸板箱。我把书从书架上粗暴地推下来,再把文件夹扔在书堆上面。我要把这些东西都扔掉。

这是唯一能让我平静下来的方法。

那是夜里,午夜前。我把旧物一箱又一箱地搬到弄堂里的垃圾站,那些短命的过去、婚姻的象征,所有我不想要的东西,所有一直在阻碍我、压抑我的东西。透过泪水,我看到一个50多岁的女人静悄悄地走进巷子,一边观望着这个焦躁不安的家伙堆箱子:箱子太多了,垃圾箱都被塞爆了。她越走越近,我看到她等我走开后就打开箱子,开始在里面翻拣。她把我的过往当作废物,还想搜刮出有用的东西。我很想冲过去打她,但更想狂揍自己一顿。

那一整晚我都没睡,胸口发闷,因为情绪激动而过度亢奋,陷入持续了几小时的焦躁,就这样把过往的一切都抛掉了,没有留下一丝痕迹。天亮了没多久,运送家具的搬家公司的卡车来了，倒车进了小弄堂。

那时候，房东老太太已有人陪伴了。她有个女儿从美国回来照顾妈妈，还找来一些朋友陪妈妈打麻将，一打就是几个钟头，让老太太有事可做。她告诉我们，她妈妈患有肺癌，而且是晚期。她现在要吃很多抗癌药，都很昂贵，但家里人一直瞒着她，没说诊断报告上的实情，只跟她讲是肺炎。

沙发被搬上卡车时，这个女儿出来送我。她什么也没说。她们一家人都对我很好，但现在我要走了。

* * *

那是2013年年底，我和萨拉还在冷战时，眼看着就要过冬了，我心想，假如我不快点开启一个新项目，黑暗就会逼近我，笼罩我。工作日里，我在一家大公司做调研部的编辑，无名的蝼蚁，日复一日做着无意义的工作，只是为了赚一份工资。这日子和当年在厨房刀光火影中领导自己手下的小团队的感觉相差十万八千里。现在，我只是个讲英语的低阶打工仔，功能仅限于订正英语时态和语法。我是无意中找到这份工作的，一开始只是为期两周的短工，因为我想在婚礼前赚点外快。谁能想到呢，这份工作反倒比我的婚姻撑得更久些。日子太难过了。

我有了一个愚蠢的念头，这是阅读和过度思考的结果，也出于我想深入研究一些东西以免沉沦的渴望。我要找出全上海最棒的小笼包。我要走访25家店。我要非常客观地完成这件事。

写美食注定会带有主观性，还要搞懂别人迷恋的是什么，但人都是坚持己见的（包括我自己），那让我觉得很累。我想改变一下，不再输出我的观点、我的品味和我的判断。我想让别人或别的东西来做判断。所以，我上淘宝买了电子数显卡尺和电子秤。我想从最终的等式中剔除我自己和个人意见，让数字取代我发言。我想测量每一只小笼包。

12月，我选中了环贸iapm后面南昌路上的一家小店开始作业。我先在大众点评网上搜索小笼包，再根据口味排名筛选出前25家店，然后找到了陋室汤包馆。离我很近，从工作室骑车过去就行。陋室的座位还不到20个，蒸笼就摆在店外的街面上，安徽老板就用这口蒸笼蒸小笼包。

可以拼桌的桌边摆了6张小凳子，我坐下来，卡尺和秤搁在腿上，不让别人看到，记录结果写在小纸片上。我很担心被人发现后，会被当作某种商业间谍而被赶出去，所以要等老板的眼光不落在我身上时，再用剪刀小心地剪开面皮，测量面皮的厚度（单位：毫米）、肉馅的重量（单位：克）、汤汁的量（单位：克），以及每只小笼包的总重量（单位：克）。

回想起来，我每隔几秒就把测量设备藏起来反倒显得更可疑，还不如直接把它们摆在桌上。后来我明白了，就索性摊在桌上了。

没人在意。

我测量第一只、第二只小笼包时根本没人注意，乃至后来的一年里我在52家店里测量了数百只小笼包，始终都没人多看我一眼。（亲测25家店后，我意识到我需要积累更多的数据。）那一年的周末，我就是这样度过的。

到了2015年，我花了将近18个月在上海各处跑动，测量的小笼包总量超过了7公斤，随后和一个平面设计师朋友合作，做出了一本实打实的印刷品，就这样，我发布了《上海小笼包指南》：针对上海最具代表性的小笼包的实际面貌做出的伪科学考察记录。初衷挺傻的，纯粹是玩笑之举，但数据都是真实的。SmartShanghai的撰稿人写了一篇文章，讲述了我探访小笼包的故事。一传十，十传百。以前我一直是文章背后的作者，但突然就成了文章里的主角。

一些有名的报纸采访了我。我上了晚间新闻，上了"一条"（两次），被冠以"痴迷小笼包的老外"出现在很多人的朋友圈里，每个人都知道了我耗费一年时间去解剖小笼包的事。南翔馒头小笼包店——一家大型国有企业——找上门来，要我帮他们开发新口味。我们在他们旗下的某家店里进行了电视采访，休息时，我问他们的总裁：你们想要哪种口味呢？他说"奶酪"。我没有接下这份工作。

渐渐地，我所在的房地产公司的同事们，也就是从未和我交流过的那些人，会在经过我的办公桌时交头接耳，还会用手指指我。我的双重生活被曝光了。白天，我是在公司里打工的无趣的工具人，近乎自闭的普通员工，总是孤零零地独自吃午餐。但到了周末，我就大不一样了。

对于在中国已经住满10年的我来说，从来没有像2015年4月《上海小笼包指南》面世后的那几天那样觉得自己被这里接纳了。我知道这事儿有风险：用现在的术语来说，很可能有人指责我"文化挪用"，一个白人竟敢给上海本地的小笼包做排名？当然，我也可能被彻底忽视。但是，被接纳，还出名了？我没考虑过这种可能。所以，当我得知上海餐饮协会的负责人对某家报纸说，如果我有后续的调查研究，他们会支持我时，我走向卫生间，在走廊里哭了出来。

在上海的第十年

我搬到华山路上的幸福老公寓,想要开始新的生活。

那一年过得跌宕起伏。小笼包的事被传开后的第二天,我和两个最要好的朋友出去吃午餐:一个是丹,就是我在 *SH* 杂志时的顶头上司,他雇用了我,后来成了我的知己;还有纳特,他开了一家餐馆。吃着港式点心和大螃蟹,我跟他们描述了内心涌动的各种情绪,他俩频频点头,祝贺我,其实呢,他们那天约我吃饭是带着任务的,他们要通知我:萨拉,我的前妻,已在前一天悄悄离开了中国,她不打算再来了。她也不想让我提前知道。在那之前,我们几个一直是好朋友;她要他们等她上了飞机后再告诉我这个消息。那一天,我的生活在更多层面发生了转折。

* * *

我也不能永远住在工作室里。反正合同快到期了,房东也不愿意续租给我。我搬走时，他报了警，指控为我搬家的工人们偷了他锁在楼上储藏室里的红木家具。警察来了。邻居们哄笑一堂。这家伙想要几千块的赔偿金。这么多年来，从来没人打开过他的储藏室。当着警察的面，他打开门锁，只见一股尘土冲出来，等到尘埃落定，另一批房客也暴露了：老鼠一大家。他只把部分押金退还给了我；但我给了他一间装修好的公寓，附赠一番破口大骂。

我真是受够他了。我要搬去华山路。

位于华山路上的幸福老公寓是 20 世纪 30 年代兴建起来的高档住宅，靠近医院，依着弧线形的道路展开。楼梯很宽，入口处有些地方还保留着当年的水磨石地板，公寓的天花板也很高。中介带我看了 2 楼的一套小公寓，报价月租 4200 元，我当场就决定要了。是的，房型是有点怪，走廊是后来加设的，连通了主卧和浴室；是的，以前住在这里的房东从浴室的天然气管道上接出了一条小管道，做成了可以做饭的单头炉灶；是的，厨房是共用的，而且，我一走进去，邻居就朝我大喊大叫。

但是，天花板多赞啊！还有当年的木地板。

我当天下午就签了租约，签完了才发现走廊其实属于另一套公寓，也是由他们出租的。我索性把那间房也租下来，月租 2000 元。我要再装修一次。

两个月后，我的装修工让华山路 371 号重焕光彩。他拆掉了分隔两套公寓的非承重墙，恢复了最初的宽敞格局，让两个都差不多有25平米的房间重归一室。他彻底改造了浴室,重新安装了燃气管道,修复了厨房里剥落的油漆——不仅是属于我的这面墙,连邻居用的那一边也修好了。

我有了新住所,有了新女友,还刚和她去伊维萨岛度了假。我喜欢上海新邨的工作室,但那已成往事。华山路的这间房是我的真正意义上的第一套公寓,也是我多年来第一次独居。

只有一个问题:郭老太。

郭老太80有余,个头矮小,头已半秃,只剩些许稀疏脆弱的灰发。她的身材酷似斗牛犬,身板厚实,事实证明,她的一举一动也像斗牛犬。她一个人住在我隔壁的房间里,去走廊那头的卫生间要经过我的门口。郭老太把我的生活搞得一团糟。

其实,我们第一次打交道时,我就该猜到这个结局的。我和中介第一次看房的时候,她就如旋风般冲进那个房间,对我们两人大吼大叫:"这房子是我的,我的,我的!"手里还挥舞着一些纸。我看了看中介。他只是轻笑一声,但没说什么。签约之前,我仔细检查了新房东的房产证和身份证。名字是一致的。我心想,那位老妇人大概只想阻止新房客搬进去,应该没什么大碍。大概是因为上一任房客对她不好。我劝慰自己:我会当个好房客,会和她好好相处的。

住在华山路371号的这些年里,我渐渐明白了:郭老太不仅是个糊涂的老妇人,还有严重的失智症,其严重程度和她天生的坏脾气不相上下。装修完成后的头几个月里,只要我把房门打开一会儿，她就会自说自话地钻进来，重复那一套说辞："这房子是我的，我的，我的！"起初，我采取报警的办法。我还能怎么办呢？这位女士要求我离开，还不肯回她自己家。警察来了，走了个过场。事实证明，他们太了解她的情况了。我不是第一个报警的人。警察很尽职，总是要求她提供房东的房产证副本，还要我提供我的租约，以证明我是合法住户；就因为这个，我索性把它们都放在了门边的抽屉里。他们会当着她的面检查我的护照和签证，然后让她离开，假装相信她的申诉，顺势慢慢地把她推向门口。当她退出我的客厅，回到我们共用的走廊时，警察们会这样对她说："对的，对的，这是你的房子。"

郭老太独自住在大约 20 平米、总是黑漆漆的房间里。她没有电视，也没有收音机，没有报纸，也没有朋友。她的丈夫去世了，3 个儿子也有各自的理由不在她身边：一个被关在精神病院；一个住在深圳，不想和他的母亲有任何瓜葛；还有一个住在美国，每两年回来一两个月。她每个假期都是一个人过的，每天都是一个人过，在小黑屋里打发时间，喃喃自语，念叨一些她眼中的不公不义之事。

厨房是长方形的，我和郭老太各占一边，有一阵子相安无事。但等她开始擅自关掉我的家电——比如，拔掉我的慢炖锅的插头——我总算明白了为什么前任房客要在浴室里私接管道、搭设简易炉灶。与她对峙没有任何好处。她只会冲着我大喊大叫，用上海话骂我，骂完了再骂，只有在极其罕见的那几个月里会有例外,因为她的儿子来看她时会强迫她吃药。和她争论毫无意义。但我还是会据理力争。

* * *

还住在工作室那会儿,我在某天下午给萨拉打了一通电话,汇报了最新情况。我有了新女友。Tse 是朋友们介绍给我的,一个美丽的新加坡女生,脾气很暴。不出几星期我就爱上了她。在我离婚手续办完之前,她不肯和我约会。

我很难下决心把这事告诉萨拉,为此,我花了一小时和心理医生讨论了各种选项。我们最终得出结论:与其让她在街上看到我和 Tse 在一起,或是通过其他朋友听到这个消息,还不如我亲口告诉她。一开始,Tse 问过我,她是不是一个刚离婚的男人触底反弹的对象?我是不是背负着过往的压力?我对她说,我很好。我能感受到。离婚是自我净化的过程,是一个新的开始。开始一种新生活,从此往后,不管多麻烦,我都会始终诚实地对待自己和真心感受。

按下呼叫键时,我正坐在工作室的床上。我还没开始解释自己有了新女友,萨拉就挂断了电话,说我已经毁了她的生活,她再也不想听到我的消息。真切的痛苦从电话那头传了过来。本来还以为这是正确的做法,这到底是为什么?我还有什么选择?

我和 Tse 的爱情很疯狂，但这段关系就像过山车。她很容易生气，很仓促地做判断；我很容易受伤，默默抵抗着悄然返回到我生活中的抑郁症。

去伦敦和她家人共度春节的那次旅行中，我们当街吵到不可开交，我扭头回酒店，任凭她哭着离去。我没有酒店客房的钥匙，即便我有，又该如何向她的父母解释刚才发生的事情？我和她都无法为自己的所作所为感到骄傲。

等我终于去伦敦塔找到她时，她的脸都哭肿了，满脸泪痕。我们坐在长椅上，周围尽是古迹，游客来来往往，我们好好地谈了一次。她觉得自己被抛弃了，追溯起来，这种深深的恐惧根源于她的童年阴影。2月的冷风从泰晤士河上吹来，我们去咖啡馆，试着用咖啡和司康饼让自己暖和起来，但寒意太重了。这段关系就此发生逆转。我失去了最爱的人。

* * *

抑郁，一度只在我的生活边缘悄然潜伏，现在彻底掌控了我。我吃的抗抑郁药不再能够抵抗它了，什么都无法抵抗它。用刀在我的手臂上切出血口子，只能消解几分钟的压力，到最后，抑郁症总能、总能压倒我。万事万物都失去了色彩。我会好几天不下床。我失去了工作，不再和朋友们联系。我吃的药比以往更多，但无论怎样都没用。

有天晚上，我想起因为离婚而失去的一只猫，突然悲从中来，无法遏制。那只猫名叫朱利叶斯，是我前妻在淮海路上的一只垃圾桶底的塑料袋里发现的，我每隔3小时就用奶瓶喂它一次，直到它长大一点才能自己吃东西。我上网。一开始只是想去前妻的Facebook页面上找一找朱利叶斯的照片，但我之前从没上过她的主页，结果，失败的婚姻的一幕幕在头脑中闪回，失去Tse带来的毁灭性打击也叠加其上。我什么都没了。我从架上拿下一瓶波旁酒，不管不顾地喝起来，能喝多少就喝多少，还用医生开给我的强效镇静药来下酒。抑郁的痛苦通常是向内的，让人心头堵得透不过气来，但在2017年的那个晚上，抑郁的痛苦是尖锐的，像把刀子插进心里。我甚至可以触摸到它。我希望能从心头拔掉那把刀。

生活的节奏随着酒精和药物而慢下来，凌晨时分，我给住在伦敦的马尔科姆发了一条乱七八糟的短信，和他道别。当年，是他主持了我们的婚礼，指引我办完离婚，现在，该让他知晓我无法承受更多了。

随着一声巨响，我的前门被踹开了。当时是凌晨3点，我家一片漆黑，我昏睡在床上，只希望早上不要醒来。马尔科姆收到我的短消息后，非常警觉地给纳特打了电话，纳特就这样强行闯入了我的公寓。他想死死地抱住我，但我左躲右闪。我只穿着四角短裤和T恤衫，他终于把我环抱住了，再把又踢又踹又叫的我拖下床，拖出家门，再拖下楼。我拼死抵抗。我把整栋楼的人都吵醒了。那是深冬时节,外面很冷,他把我塞进一辆正在等待的出租车,夹在他和他妻子之间。我动弹不得。神志不清。怒不可遏。做好了去死的准备。出租车沿着延安路开,停在了街边的一家医院门口。

大半夜的,别的朋友们也出现在医院的候诊室里。那时的我酩酊大醉,亢奋又好斗,冲着护士大喊大叫,说她们在侵犯我的人身权利。Tse 也来了。我试图从自动玻璃入口门走出去。朋友们把我拉回去。我把头低下,再一次向外冲,这次突破了防线,一下子冲到了人行道上。我一路跑上了高架路,一边挥舞双手,一边高声喊叫,以为自己这样就能让周围的人们相信我并没有疯——也不知道我当时是怎么想的——哪怕我只穿着内裤和 T 恤,光着脚跑在大马路中央,试图逃出医院,而我的朋友们全都跟着跑出来,把我围住,把我拽回去。我彻底迷失了。但我还活着。几小时后,医生护士允许我回家,抵抗已让我精疲力竭,生活已让我精疲力竭。第二天早上醒来时,内心的失望极其深重。我都干了些什么啊?为什么我还在这里?

为了从那个夜晚恢复过来,我花了几个月的时间。我拜访了心理治疗师、精神病学家和心理学家,甚至还有一位催眠师,当时我脆弱到了极点,她以极大的同情心倾听了我是如何身心崩溃的,我至今都觉得是她救了我的命。每次治疗后,我的诊断都会有变化,从 PTSD(创伤后应激障碍)到躁郁症,再到重度抑郁症,最后又回到 PTSD。没有人能够解释我为什么发病,但医生们都帮到了我。有位乌克兰精神病学家给我开了混合式抗抑郁药，药性先渐强，再渐弱。有些药让我手脚发抖。还有些让我哭泣。那些厉害的药都是用于苏联时代最糟糕的病例的，经过几个月的药量调整，忍受了副作用，我开始稳定下来。他又加了一种药，然后是另一种药，之后又加了一种药，宛如在厨房里列出一份复杂的菜谱，这个白天吃，那个有助身心稳定，那个晚上吃，有助睡眠，这个有助活力……到后来，在药房门口等药剂师叫我的名字时总会很尴尬，因为会有一大堆药盒铺满柜台，都是那位医生开给我的。

我至今仍在忍受副作用。我的手会抖。我以前一直很瘦，但那些药让我变成了胖子。医生们不允许我喝酒，因为酒精与药物会有相互作用。但混合药物很有效果。我渐渐康复了。Tse和我成了朋友。现在我仍须服用5种不同的药物，每天两次。我已经4年没有喝酒了。

* * *

我又恢复单身了，用Tinder约会。我和蒂娜见过几次，约会无非是吃饭之类的消遣。有天晚上，我们一起回了华山路371号。我们进了卧室，倒在床上，姿势略有不雅。卧室的灯关着，但另一个房间的灯是开着的。突然，门被推开了，灯光照在我们赤裸的身体上。我转过身去，面对着门，害怕有陌生人闯入，其实我不用猜也知道：又是郭老太擅自打开了我的家门，径直穿过客厅，继而推开了卧室的门。她站在门口，开始用上海话冲着蒂娜叫骂起来，后来，蒂娜死活都不肯重复那些难听的话。

我听不懂她在骂什么——我几乎不明白发生了什么事——但我也喊叫起来，让她离开我的卧室，离开我家。差不多一分钟过去了，她还是不肯走，我就起身下床，向她走去，顾不上自己还赤裸着。我把她推进客厅，然后推出前门，然后迅速地扣上双重门锁——之前我晚上回来时肯定忘了锁。我浑身发抖；蒂娜在哭。她穿上衣服就走了。

第二天的局面更恶劣。这种侵犯隐私的行为让我火冒三丈，我就去找郭老太，当面告诉她不能再发生这种事了。我刚回到房间里就听到前门被撞的一声巨响。她把一只塑料垃圾桶砸向我的门，桶被砸成了碎片。我报了警。

这一次，郭老太甚至没有假装对警察毕恭毕敬。"你们是哪个国家的？"她冲他们喊道。"我们是中国人。"他们这样回答她。但她还是继续问。我们又走了一遍常规流程，把房产证、租约、护照和签证拿出来看。两个警员在走廊里听郭老太喋喋不休时，另一个警员悄悄溜进我的客厅说："你听我说，这次我们真的无能为力。"除了散落在走廊上的红色塑料碎片，没有任何证据证明发生了什么。"要么你在门外装个摄像头。下次你就有证据了。"他对我这样讲。警察们就这样走了。

我很沮丧，再次去找郭老太当面对质，这次是在她家门口。

我提高嗓门讲了一通。我发脾气了。我迈步走进她的房间，想让她知道有人侵犯她的私人空间是什么感觉。她抓住我的胳膊，指甲抠进我的胳膊内侧，能用多大力就用多大力。等她最终松开手时，我的胳膊上留下了4个月牙形的凹痕，过了几个月才彻底愈合。我退出来，回了自己家。

几星期后，中介打来电话。哪怕厨房是共用的，这套公寓仍以每平米12万的价格卖出去了，而且，新房东的女儿要自住。他们签买卖合同的那天，新房东又来看了一次房子。郭老太在走廊上冲她大喊，又是那一套，声嘶力竭地重申谁是真正的房主。但这次的情况有点不一样：新房东也是上海人。两人争执起来，新房东为了这套房付了重金，疯了一样的郭老太却仍在捍卫自己莫须有的所有权。争吵声时而高昂时而低沉，此起彼伏，最后，新房东退到了厨房，中介则将郭老太堵在走廊里。

我一看，机会来了。我要报仇。

我走进厨房，伸出胳膊让新房东看。

"她有失智症，"我说，"而且越来越凶了。"新房东目瞪口呆地看着我。她刚以每平方米12万的价格，成了郭老太的新邻居。我巴不得搬走呢。

Chapter
04

第四章

1900年，被困在京城的传教士

当时，海勒姆的长子，是在公使馆避难的卫理公会成员之一。

新世纪到来了，但旧日的麻烦也紧随而来。

山东北部持续骚乱，义和团正在壮大。到1900年春天，人数达到了数十万。

外交官和传教士们越来越恐慌，眼看着义和团一样一样按计划行事，拆毁铁路，威胁外国人，还杀害皈依基督的华人信徒。各国外交官不断照会清政府，要求朝廷颁布取缔义和团的上谕。

这年5月，义和团造成更大的破坏，毁了铁轨，迫使成千上万人逃离农村，躲入京城避难。但京城也不怎么安全，他们杀进了外城。

外国外交官们争论不定：该不该相信总理衙门信誓旦旦地说的一切尽在掌握之中？法国人不相信清廷的承诺。英国人、美国人和德国人一度抱有希望，但到了5月底，就连他们也不得不承认时局堪忧。5月30日，外交官们向朝廷提出向公使馆区派出增援部队——使馆卫队。两天后,来自英、美、德、法、俄、日的430多名海军陆战队队员由天津入港。

*　*　*

在北京,锻造刀剑的广告牌随处可见。卫理公会大院成为逃离战火的难民们暂时的家园,因为这里离公使馆只有800多米远。还有700名华人基督徒在大院里避难。

这个大院很快就成了武装营地。美国公使康格(Conger)派来了20多名美国海军陆战队队员。基督徒们用砖头堵住大门,在街道和院墙间筑起路障。他们在空地上铺了带刺的铁丝网,挖了很深的壕沟。即便如此,也要做好最坏的打算:万一失守,他们还能躲入亚斯立堂。

他们拆下所有的窗框,拆掉了玻璃,改用砖头封堵。更多砖头被他们搬到屋顶,若有人闯入大院,便能用作武器投掷;他们还用铁皮加固了教堂的大门,以免火把的攻击。他们储备了开水、数百个鸡蛋、成堆的中国人饼和几箱炼乳。他们沿着内墙修起平台,好让哨兵和海军陆战队队员巡逻。他们只能做到这些了。

他们听说"援军"正在赶来。英国驻华舰队司令西摩尔(Edward Hobart Seymour)带着2000多名联军水手和海军陆战队队员,正从天津赶赴京城。

北京的局势正在急剧恶化。卫理公会的人在日后出版的书中描述了6月初的一夜：

> 我们把武器留在前厅，坐在教堂的台阶上……传教所的墙壁近在咫尺，庇护着我们，有一个哨兵在放哨。天空勾勒出不远处的城墙那厚重的轮廓。从城墙的另一边传来嘶哑、含糊的声响——众民哀泣。这声音随风而来，如波浪般一次次涌向城墙，又一次次退去，周而复始。

* * *

第二天，矛盾激化了。德国人在公使馆发现了一名义和团人，坊间风传德国人"猎取拳民"，还把他打死了。这所谓的猎杀消息传开后，整个京城有如被点爆了。一时间，原本大多聚集在外城的义和团人涌入内城，看到外国建筑物就打砸抢烧。6月13日，卫理公会的人都已躲在有武器防御的大院里，义和团就烧毁了他们在哈德门大街的小教堂。有一个日本公使馆的人被清军士兵当街打死。最高权力阶层也有了变局。就在那一天，一向敌视洋人、支持义和团的端郡王获得任命，总管总理衙门，排挤走了一向亲善西方的庆亲王奕劻。几天后，义和团在南城放火烧了屈臣氏药房，店内的化学药品发生爆炸，滋生的大火蔓延到前门塔楼，照亮了整个京城。

类似的情况也在天津重演，联军的舰队停泊在海岸线，城里到处是义和团的人。清军在白河布下水雷，以防外国船只逆流而上。控制海河河口的大沽口炮台是重要的战略据点，八国联军要求"经过同意或武力暂时占领"大沽口。这在清廷看来超越了正常的外交范围。6月16日午夜前，俄军"吉利亚克号"闯入白河河口。17日凌晨1点，大沽炮台的清军向海上的联军开火了。战斗一直僵持到拂晓时分，联军将所有船员投入对西北炮台的地面进攻。数百名俄、奥、英、意、日军士兵登陆后，炮台的火药库爆炸，联军很快就攻占了炮台。到早上7点，清军全部逃离，4个炮台都被摧毁，大沽口之战结束。而更大规模的战争正在逼近。

2000多人的西摩尔远征军仍在前往北京的路上，大沽炮台陷落的第二天，他们就遭遇了穆斯林将领董福祥率领的悍勇善战的甘军。出现在西摩尔远征军面前的通往北京的铁路已被拆毁，现在，他发现回天津的铁路也一样被毁了。能与天津联络的通信设备也被尽数破坏。此时，这支队伍困在廊坊，差不多才到半途，进退两难，工兵们开始尽力修复铁路——要么往北京，要么回天津。义和团发动了一波又一波进攻，但都被西摩尔的联军轻易击退了。

西摩尔面临一大难题。6月18日下午，他们有两列火车遭到袭击，但这次攻击他们的人是大部队，包括骑兵，还"用最新式的弹匣步枪"。这不是义和团，而是死忠于慈禧太后的董福祥的甘军，有1万多名穆斯林和汉族士兵。这支军队中的半数人都是从北京派过去的，奉太后之命阻击西摩尔远征军。虽然甘军人数众多，还有现代化武器，但西摩尔远征军只损失了6名士兵，甘军却损失了大约400人。董福祥的军队撤退了，但这场战斗揭示了一个事实——在此之前还只是猜测——清朝政府公开敌对联军了。假如说清军之前不过是暗地里纵容义和团，现在就是明摆着与之并肩作战了。意识到这一点后，西摩尔和军士们一致决定放弃铁路，退守天津。解救受困于京的外交官、传教士和中外基督徒的第一次救援行动宣告失败。

身在紫禁城内的皇帝和太后已将大沽炮台之战、大部队登陆计划视为联军对清朝开战。这些洋人太麻烦了，他们实在受够了。总理衙门照会各国驻华使节：限24点钟内各国一切人等均须离京。清军会护送他们安全抵达天津，登船离境。仅限24个小时内。

* * *

次日清早，德国驻华公使克莱门斯·冯·克林德男爵（Baron von Ketteler）不顾其他国家公使的建议，独自前往总理衙门抗议朝廷如此驱逐洋人，还想争取更多时间。

按照外国公使出行的惯例，冯·克林德和秘书坐上红绿相间的官轿，只有一个没备武装的马夫护送，离开公使馆后在哈德门大街左拐。那时，街上挤满了清军和义和团。驶过一间小警察局后，秘书柯达士先生（Herr Cordes）向左瞥了一眼，刚好看到身穿军服的清兵正用步枪瞄准公使。他大喊一声，想要提醒公使，但士兵就在那时开枪了。子弹击中冯·克林德公使的头部。当场死亡。

中国轿夫震惊之下撂下双轿，柯达士的大腿中弹。这位秘书血流如注，向南跑进孝顺胡同，也就是卫理公会的大门、洛瑞的传教所之所在。卫理公会的人把他拉进门内，因而第一个听到这个消息：冯·克林德死在清军的枪下。海勒姆·洛瑞的儿子乔治·洛瑞医生为柯达士包扎了伤口，卫理公会派人通报公使馆：德国公使已遭暗杀。他们立即明白了这意味着什么。

* * *

卫理公会的大院里挤满了传教士和华人基督徒。德国公使是早上八九点钟被枪杀的；11点不到，卫理公会的人都从大院里出来，穿过胡同，穿过哈德门大街，进入公使馆区。大院里的21名海军陆战队队员和用砖块堵住的教堂已无法抵御接下来的事态。美国公使召见了这些士兵和传教士。"马上避到公使馆区安全线内，你们的华人信徒也一起来。"

一个被围困在北京的作者写道：

男女老幼背着包袱、水桶和箱子，源源不断地涌入英国公使馆的大门，神情焦虑。还有马车也在迅速行进，装满了从3家外国商店买到的供应物资，将所有可以吃、可以喝的东西转移到尚且安全的公使馆围墙内。

一位卫理公会的传教士也记述了那个场面：

你能想象我们的样子吗？在那个明亮的6月清晨，71个男人、女人和（外国人的）孩子在前面，怀中抱满个人物品，后面跟着700个华人基督徒，由我们的21名美国海军陆战队队员护送着，还有德国海军陆战队抬着躺在长椅上的德国公使馆首席秘书，一行人步行了1英里。

那年夏天，海勒姆·洛瑞牧师人在芝加哥，但他的长子在北京。乔治·洛瑞医生——出生于福州，在北京长大，在纽约受了教育，此时已是传教士医院的外科医生——就是我的外曾祖父，在公使馆避难的71名卫理公会成员之一。那天下午4点，亦即朝廷限令他们离开的24小时后，枪声响起了。围城开始了。

* * *

公使馆区占地颇广，是个60英亩的长方形地块，南北两边长，东西两边短。在内城，从西边的前门到东边的哈德门算是南边的城界线。诸国在公使馆区内都有自己的独立院落，其中往往建有一系列房舍——住宅、教堂、马厩、舞厅、办公室等。但这里并不只是一块属于外国人的飞地。在此地被用作公使馆之前建造的中式建筑仍然矗立在原地，包括紧邻英国公使馆东面的肃王府、清朝古老的图书馆——翰林院，还有蒙古市场，外省人每年秋天会来这里出售野猪、野鸡、兔子、熊和鹿等各种野味。

所有公使馆中，规模最大的是英国公使馆，几乎就在公使馆区的中心点，略微偏北。馆墙外有一排绿草如茵的路堤，一直延伸到公使馆街。其他国家的公使及其卫兵都留守在各自的馆院里，包括传教士在内的其他外国人都挤在英国公使馆里，人满为患，连睡觉都得找地方挤一挤。这里的防御比其他公使馆更强，大家都觉得在这里最安全。华人基督徒聚在干渠对面，也就是今天正义路上的肃王府内。满打满算共有 3000 多人，来自 17 个国家。

在公使馆区避难的第一周里，随时都能听到枪声。疯狂的子弹在公使馆区的建筑物上空飞来飞去，那几天的轮番枪战中，直接命中目标的次数很少，但也有少数人不幸被流弹击中。一发子弹射中了美国首席外科医生的大腿，打碎了骨头，乔治·洛瑞医生临危受命，在其后的围城期间一直担任首席医生。虽然飞弹不断，义和团还是以火攻为主。

围城不过几天,他们已经彻底焚毁了一座古建筑,哪怕是阴差阳错。据说他们本想放火烧毁英国公使馆,火燃起来的时候风向却变了,向北,直接吹向翰林院——"从未有外国人入内的圣贤之地",古图书馆顿时熊熊燃烧起来。这是一次毁灭性的灾难,院内的万千手稿和中国历史上流传至此的无数文学珍本灰飞烟灭。

冯·克林德男爵去世后的几小时内,传教士和军官们将物资转移到了公使馆。但他们此时也意识到西摩尔的救援失败了,自己不知何时才能获救,因此,他们开始执行严格的物资配给。公使馆里共有150匹马,第一周结束时,他们开始宰马,每天两匹,作为肉食;内脏被送到街对面的肃王府,给华人基督徒食用。传教士们把马肉戏称为"法式烤牛肉",想让大家更有胃口,虽然一开始大家都有点排斥马肉,但很快就适应了"小马肉汤"和"咖喱马肉"。有个厨师向他们传授了一个食谱——只可能是卤马肉了——"别的做法都没这样做有滋味"。坐困围城的头几天里,他们甚至在一间外屋发现了骡子推动的古磨盘。幸好他们不吃骡子,而是让几匹骡子首尾相连转圈,把粮仓里的河南小麦磨成粗面粉,可以做粗面包。被围困之前,他们买得到绿色的咖啡豆,现在,他们在英式网球场上烘烤豆子,香味传遍了整个使馆区。鸡蛋是绝望的清军小兵偷运到使馆区的,他们把蛋藏在马甲里,走到路障边,一只一只地卖;后来,清军将领发现士兵竟在向敌方售卖食物,这才叫停。

事实证明，不管他们发现了什么东西，最终都会派上用场。在找风箱和铁砧时，一位木匠无意间发现了一枚曾在1860年第二次鸦片战争中使用过、早已生锈的英国炮弹。意大利公使馆贡献了一门旧炮架，可以架起炮弹；俄国人提供了弹壳，填入德国火药；一名美国炮手自告奋勇来发射，用的是日本的导火索。一开始，炮手很担心这个草就的装置会原地爆炸。"没想到，第一枚炮弹就撞开了三面墙，在皇城路障上炸出了一个大洞。"因为零件来自不同国家，卫兵们将这门血统混杂的炮命名为"国际炮"。

战斗异常激烈，然后消停一会儿，接着再变得激烈，再消停一会儿，义和团和清军的火力直攻公使馆的外墙。德国人和美国海军陆战队军士的任务是保卫内城的南城根，通宵达旦地作战，不让义和团占领任何一个据点，以免他们能够瞄准公使馆。

海勒姆的儿媳凯瑟琳·马尔利肯（Katharine Mullikan）写了一本日记，历数伤亡和损失。

> 6月22日，星期五。今天有一名德国人和一名英国海军官员被杀，乔治·洛瑞在医院的助手上吊自杀。
> 6月24日，星期日。在城墙上的联军部队——由美国人、德国人和俄国人组成——试图夺取敌方从前门炮轰他们的一门大炮。没有成功，但那40个联军士兵杀死了大约200个华人。

6月28日，星期四。日本人发现中国人在肃王府的外墙上凿洞，故意让他们继续挖，然后等他们穿墙而过时朝他们开枪，杀死了好些人。

6月30日，星期六。义和团试图冲进翰林院，被英军击退。联军部队在城墙上做了一次小规模的冲锋，杀死了不少义和团。今天，有一名美国海军陆战队队员塔切（Tutcher）在城墙上被杀。

7月4日，星期三。一名美国人、一名意大利海军陆战队队员受伤。

7月6日，星期五。今天，奥利芬特（David Oliphant）在翰林院砍树时遭到枪击，子弹从左侧穿到右侧。他撑了两小时左右……日本指挥官被杀，一名日本人和一名奥地利人受伤。

7月10日，星期二。今天对肃王府的攻击非常凶猛。一名日本人被杀。

7月12日，星期四。法国人在法国公使馆附近抓了几个中国人，昨天，他们也是在那个地点杀了20个人。他们处死了一部分人，还俘虏了一个人。

7月13日，星期五。200多个义和团贴着德国公使馆后面的城墙根发动了一次进攻。德国人没阻拦，让他们过去，因为知道美国人肯定会向他们开火。等他们上了桥，美国人开枪打死了20多人，还有很多人负伤。义和团回头向东跑的时候，德国人也准备好开火了，打死了大约50人，还缴获了一面旗帜。

7月16日，星期一。英国学生——沃伦（Warren）先生——不幸受伤，不到两小时就去世了。他的半边脸孔都被炸掉了。还有一名英国海军士兵受了重伤。上午9点左右，美国海军陆战队队员费希尔（Fisher）先生被击中右肺，几乎当场死亡。在前往公使馆的路上，英国指挥官斯特劳特（Strout）上校的体侧受了重伤，于上午11点30分死亡。

7月24日，星期二。今天，一名意大利人手臂受伤，一名华人基督徒被杀。

战斗开始三周后，清军士兵在法国公使馆下面挖了一条隧道，把大半个公使馆炸飞了。公使和首席秘书曾经的住所成了一个巨大的地洞。

数百名华工、基督徒和难民都在肃王府避难，义和团的进攻非常猛烈，终于攻入并摧毁了大半建筑物。

整个围城期间，公使馆与外界的联系被切断了。欧洲和美国的报纸上刊登了围城事件，但没办法知道有多少人被杀，或有多少人幸存。很多人都想到了最糟糕的情况，毕竟寡不敌众，相比于义和团和清军的人数，被攻击的外国人实在不算多。公使馆区内的外国人根本不知道会不会有第二次救援行动，更不知道围困要持续多久。他们尝试派出信使，翻过城墙，越过护城河，和外界联系，还承诺愿意做信使的人：只要成功，必有重赏。后来，传教士们写道："一个都没回来。毫无疑问，他们要么被抓了，要么被杀了。"

战斗的前几周里，也有过一些和平的、幽默的短暂间歇。被困一个月后，总理衙门送来了西瓜、黄瓜、茄子和南瓜，以示友好，尽管此时他们已无法掌控战局。传教士们纷纷抱怨，"没良心的"中国仆人会偷他们的开水，去装满自己的水壶——"我要提醒你，这是在炎热的夏天，但他们还是要开水"——直到今天，中国人仍保有这种传统。外国人一天到晚都在做沙袋，巩固各处的防御和路障街垒，各种各样的材料都用上了，大部分物料来自外国军队曾经攻占过的寺庙和商店，以及公使馆内的布艺，"最雅致的中国丝绸和绸缎、许多匹亚麻布和棉布、外国服装用的织布和西装料子、标价5美元和10美元一码的优雅挂毯、成匹的天鹅绒和灯芯绒、挂在公使馆里的昂贵的绸布和天鹅绒、华丽的桌布和锦缎"。

但是，由于兵力和弹药匮乏，与世隔绝，物资慢慢耗尽，任何人都很难保持乐观的心态。许多人都写了日记，后来刊登于多份杂志和书籍；还有些人设计了"北京围城"的胜利徽章，以便他们活着逃出来后分发给大家留念。（确有多人幸存——乔治医生的徽章至今仍保存在我们家里。）他们写了关于围城的歌，在公使馆的医院里唱给病人听，还会偶尔——非常难得——牺牲一些酵母来制作"围城煎饼"等零食。义和团就在公使馆外张贴重金悬赏启事：外国人的人头值大钱，男人、女人、小孩价钱不等。

在天津，第二支远征军正在集结中。马背上的孟加拉骑兵、包着头巾的锡克教徒、孟买工兵、俄罗斯的哥萨克兵、威尔士皇家燧发枪手、意大利步兵、美国和奥地利海军陆战队等，都在英国将军盖斯利（Gaselee）的指挥下集结在威海卫。如果说第一次远征军的规模不足以抵抗董福祥的甘军，那么，这次远征军的规模则扩大了10倍——联军有超过2万名士兵和海军陆战队队员。洛瑞的小儿子——乔治医生的小弟爱德华·洛瑞（Edward Lowry）——也是在中国长大的，从小就会说中文，他在第一次失败的远征军以及第二次联军中两次担任美国指挥官查菲（Chaffee）将军的翻译。

8月初，他给一直在写日记的妻子凯瑟琳·马尔利肯写了一封信。到了这时，已有少数信使摸到了门道，知道如何伪装自己并藏好要送达的信件——藏在假帽檐里，编进稻草里，用油纸包好，藏在一碗粥的碗底，也知道如何躲开清军了。俗话说兵不厌诈，作战双方都擅长使用诡计。义和团会放鞭炮，虚张声势，让攻击的阵势听起来更大、更猛；外国卫兵会把手指放进嘴里，吹出尖利的哨声，扰乱视听，有时能让清兵稀里糊涂地撤退。

在此之前，传教士和外交官们都以为大部队已开拔，正在途中与中方作战，时而推进，时而后退，事实上，这些错误的情报是清军间谍以300美元的天价卖给他们的。直到盖斯利率领的八国联军杀来的风声终于传到公使馆区后，他们才意识到自己被骗了，而且被骗走了巨款。

* * *

毛瑟枪、奥匈的曼利夏枪、印度的金戈枪和英式滑膛枪在我们的阵线里齐发咆哮，每一杆可以对付我们的枪也都在拼命发射，枪火激烈，仿佛那是最后一搏。声响如此炸裂，如此可怕，令许多人简直无法呼吸。

子弹打在街垒上，穿过半封闭的路障上的漏洞，打在地面上；前路上有数不清的落弹，唑唑飞撞，有的弹跳开去，有的劈入内里，任何生物似乎都不可能在这样的枪林弹雨中存活。

那是13日的夜里。

盖斯利的联军出发后，好几天里都没传出新消息，大家只知道他们预计在十三四日到达北京。然而，没有人来。不算死伤人员的话，公使馆的多国卫队仅剩250人，他们推断清朝一方人数超过1万人；现在，双方鏖战已至白热化。

11点时，火势已燃到极致。不可能再烧得更剧烈了……从内城城墙到皇宫围墙，烧出一个锯齿状的大圆圈，千万火柱向我们翻卷涌来……有两次，我看到黑压压的人群从前面快速走过，融入模模糊糊的背景。到了12点，攻击者突然显出疲态……现在，从火线上传来胜利的号角声，非常嘹亮，听起来时远时近。枪手们停止了射击。

不过，15分钟后，清军就卷土重来，换上了一拨刚刚集结的预备部队。"1点钟，战火比之前更猛烈了。"照这样打下去，不出几小时，公使馆区的卫队就将耗尽弹药。双方已离得很近，可以用刺刀或徒手肉搏。

渐渐响起炮弹的轰隆声。公使馆的士兵们听出这是远处战场上的大炮声。"清军的炮火在远处继续猛烈轰炸，但不在我们附近；出于某种古怪的原因，那些遥远的回声却引起了我们的注意。"

清军明白那意味着什么。他们纷纷喊道："他兵来得了。"公使馆的士兵们也听到了，便"开始慢慢地用中文向敌方阵营喊话，仿佛在狂喜中越喊越大声……"。是八国联军打来了。

真的是吗？

那天夜里只有炮火声，之后就没了声息，而此时已过晌午。联军在哪里？难道士兵们搞错了，那只是激烈鏖战时亢奋的误解？

终于，等到下午3点左右，一队锡克士兵循着紫禁城外的护城河找到了入口，把门撞开了。他们涌入公使馆区，找到了通往英国公使馆的路，成为第一支到达的军队。在北京炎热的夏日里，这些锡克士兵渴得要命，只想喝水。

一小时后，穿着标志性卡其色和蓝色制服的美国海军陆战队也到了，其他国家的部队也接二连三地涌入几乎已被彻底摧毁的公使馆区。

局势逆转了，八国联军从南面攻占北京城时，清军开始往北逃窜。

围城在55天后宣告终结。

他们在中国的岁月成了历史

那座城的英文名字已从 Peking 变成了 Beijing，传教士们不再受欢迎。

1900年秋，海勒姆·洛瑞回到北京，只见自己平生心血化为废墟。战争把卫理公会传教所毁得干干净净，连地基都撬了，以至于这位耗费30年在此建造传教所的创始人竟都无法辨认楼舍本来在哪里。街头小教堂彻底消失了。只要是外国人建造的，一砖一瓦都被毁了。就连中国人建造的、曾用于传教的房屋也被推倒。教会的档案也都荡然无存。在寄回美国的第一份报告中，洛瑞写道："这对我们的事业已造成灾难性的打击。"

动乱过去后，他们的第一次礼拜只能在露天院子里举行，信徒分立一圈。入冬后，他们接管了义和团之前用过的据点，改造成了新教堂，虽然那地方特别小，连长椅都放不下，也没地方让教友们跪下祈祷，能挤进屋里、坐在地板上的人自觉幸运，因为别人只能站在外面的寒风中。

如果说亲历围城的主要是传教士和公使馆区内的其他侨民

（其实华人基督徒和难民的人数是侨民数量的两倍），那么，围攻后的那年夏天里则尽是对华人基督徒的暴行。

教会将北京周围的地区划分为几十个分区，设有前哨站、教堂和驻堂牧师——通常都是华人。从北京过去的传教士们谨遵卫理公会巡回传教的古老传统，每年去分区几趟，做一些客座布道。农村一向是传教的沃土，截止到1900年夏，教会成员里有数千人来自农村。

随着义和团的到来，一切天翻地覆。

海勒姆回京后的第一个任务就是走访各个分区，评估现状，并就教会财物损失、教友亲属被残杀的赔偿问题进行谈判。所见所闻令他无比震惊。

"在这个分区里，我就没看到哪座房子没被毁掉、没被砸破……但相比于财产损失，人身损失更惨重。有些片区几乎全军覆没——剩下的教会成员根本不足以维持教会的日常运转。"他在1901年夏天这样写道。

海勒姆30多年前刚到北京时的第一位汉语老师——铁觉——也被义和团悬赏：那颗脑袋值100两银子，比公使馆区外国人的人头还贵一倍。铁觉熬过了这一劫。

洛瑞回京后，在清理以前的学院楼舍废墟时亲眼见到了围城动乱后的惨状：打开地窖后，他在水井里看到"6具基督徒的尸骸、腐烂的尸体"。

昔日的学生受尽折磨，华人信徒惨遭杀戮，他亲力亲为筹建起来的小教堂、医院和整个传教所大院都被毁了,无论怎么看,就此放弃都算合情合理的选择。但此时已年届六旬的洛瑞决定继续。他恳请美国的教会总部筹款捐献,重建华北大业。到1903年底,他们果真建起了一座比以前更大的亚斯立堂:两座八角形的建筑,可以同时容纳1500名礼拜者。

波士顿卫理公会送来了一份厚礼,华北传教所因此得以在哈德门大街和公使馆街的交会处买下一块很好的地皮。他们决定在此建起新的医院。

1900年6月,德国驻华公使冯·克林德男爵就是在这个十字路口前被杀死,并引发了之后的围城事件。那年冬天,公使馆区里有个眼尖的日本兵注意到一个路人戴着一块精致的欧洲手表。

一查便知,那正是冯·克林德男爵的手表,而戴着它的人正是刺杀者:一个名叫恩海的八旗兵。快速审判后,恩海即被判处死刑:就在冯·克林德男爵倒下的地方被斩首。直到今天仍可见一块白色大理石做的大牌坊耸立在中山公园里(落成时在东单街上),史称克林德碑,镌刻着用拉丁文、德文和中文写就的碑文。

1901年,清政府与八国联军谈判后达成和约,建造克林德碑也是约定项目之一,和约还规定清政府支付4.5亿两白银的巨款赔偿、处决前巡抚毓贤、禁止进口武器及其他丧权辱国的条目。❶

---

❶ 本章中有关克林德事件的叙述,与国内主流观点有出入,请读者注意甄别。亚斯立堂的重建费用实际也来自庚子赔款。

八国联军在北京行军穿越紫禁城，掠走大量皇宫和颐和园里的宝物，洗劫当铺——那是老百姓当作银行的地方，存放了很多贵重物品。慈禧太后、光绪皇帝和亲贵大臣仓皇离京，一路逃亡到西安，美其名曰"两宫西狩"，直到1902年才返京。

对大清帝国来说，这就是末日的开始。此后不到10年，光绪帝驾崩，第二天，慈禧太后寿终正寝，3岁的溥仪登基，掌握了一整个帝国的命脉。曾被派去镇压义和团的前山东巡抚袁世凯在1912年春成为中华民国临时大总统。

在这个阶段，洛瑞重振传教的工作告一段落，转而全身心投入教育事业。教育素来是卫理公会传教使命的重要组成部分，从19世纪70年代洛瑞刚开始传教的时候，传教所就开办了一间小规模的男校，起初是靠"每日下学供饭一碗，惟望周知"来吸引学生。经年累月下来，吸引学生们的不再是有饭吃，而是受教育。1888年，传教所在北京创办了教会大学，在注册文件上写明"帮助中华帝国及其他国家的青少年接受文学、科学及专业技能教育"。

大学楼舍和传教所大院一样都在战火中被夷为平地，他们就借重建的机会进行了大规模扩建，洛瑞博士在小教堂以东不断购置土地，最终凑成了20英亩。不仅加建了宿舍和校舍，入学人数也增加了，1916年共有650多名学生。几年前，这所帝国教会大学就确定了英文名字：Peking University。卫理公会的学校与其他3所基督教学校合并后中文名被定为：燕京大学。

20英亩的卫理公会大院这时已显得太局促了，于是，新近合并组建的燕京大学在北京西北部通往颐和园的大路上购入一块地，称为畅春园。年届七旬的洛瑞博士被授予名誉校长的称号。

生活在继续。乔治医生在哈德门大街和公使馆街交会处新建起的医院里担任外科医生，那儿就是今天的同仁医院。乔治这一生的大部分时间都是在北京度过的，这时候，他已有了自己的孩子。

乔治最小的孩子是个男孩。乔治·哈里森·洛瑞（George Harrison Lowry），出生于1910年1月，他是洛瑞家族在北京的第三代，也是第二个在北京出生并长大的人。他就是我的外祖父。

从某些方面说，我外祖父的童年很普通，和在美国郊区长大的孩子没什么差别。他住在一栋美式大房子里，定期去教堂，还入了童子军。但在其他方面则有明显的不同：他的邻居们全是传教士；他从小就会说中文；他不是在克利夫兰的公园里做童子军徽章的，而是在中国的长城上。

他当时还太小，不懂帝国垮台后的政局将发生怎样颠覆性的变革，也不知道他父亲和祖父经历了几十年的反基督教运动；到他这个阶段，排外情绪已平息下来了。他父亲出生时还是清朝，男人穿长袍，女人要裹脚。但他出生不久已是中华民国，男人穿西装，现代风气正在渐渐取代旧时习俗。

在他快到14岁时，祖父去世了。海勒姆·洛瑞抱病多年，他的死对整个传教士团体来说无疑是重大的损失，毕竟是他在

60年前一手创办了这一切。事到如今，海勒姆在传教界和教育界都是德高望重的人物，备受尊敬，广为人知。他的妻子帕提尼娅比他早走了几年，现在他也走了，卫理公会最初在北京扎根的传教士们就此全部成为历史。

对洛瑞一家来说，海勒姆的去世标志着他们在中国的岁月走到了尽头。洛瑞的儿子乔治医生快60岁了，他的小儿子乔治·哈里森已被送回美国，准备上大学。乔治医生在北京东南部、哈德门附近的卫理公会传教士大院内外度过了大半生。虽然家族里有人说他们最终离开中国是后来的政局所致，但我认为，也可能只是因为他想退休后回美国、在一个相对舒适的地方安度晚年吧。乔治医生在中国长大，经历了围城，哪怕有无数的动荡、各种问题，但他终究是在中国打出了一片天地——如果只是出于政局原因，为什么偏偏在这个时间点走呢？现在，他的父亲已仙逝，安葬在北京的墓园里，他的孩子也回了美国，他所在的医院风生水起，有了不少医生，他肯定觉得自己在中国的事业——在某种意义上说也是他的人生——到此已算功德圆满。1926年，洛瑞一家离开了中国。

我的外祖父乔治·哈里森上了大学，成了一名会计。在第二次世界大战期间，他应征入伍，因为中文流利，在美国海军担任翻译。只要他的兄弟姐妹来家里团聚，他们就会说中文，别人都听不懂。但他和中国的牵连仅此而已，后来他绝口不提中国。20世纪60年代末，他也快60岁了，有一天，他把车停在车库里，从尾气口接了根管子插进车窗缝，自杀了。

今天的洛瑞家族都是海勒姆·洛瑞和我的外祖父乔治·哈里森·洛瑞的直系后代，众人分散在美国各地。外祖父有4个孩子，我妈妈和她的兄弟姐妹分别住在佛蒙特州的森林木屋、迈阿密的热带地区、科罗拉多州的山区和旧金山。我问过妈妈：外公是个怎样的人？他为什么要自杀？他有没有谈起过中国？

她笑了，对我说："我和家姐那天还聊起这事儿呢。我们把他跟我们说话的次数全部加起来，用一只手就数得出来。"

她猜想他在北京度过的童年挺悲惨的。传教士们都比较严谨，乔治小时候的大部分时间都是在教堂里度过的，他的爷爷是传奇大人物，他的爸爸是个德高望重的医生。

乔治娶的女人也一样不讨人喜欢。我外婆脾气很坏，总是和孩子们闹别扭。也许，乔治只是因为精神疾病而毅然诀别家庭。显然，他有自己的心魔。抑郁症，和中国情结一样，在这个家族中一代代流传下去。

在他自杀的时候，童年住过的城市只存在于他一个人的记忆中。那座城的英文名字已从Peking变成了Beijing；分隔内城和外城的城墙都被拆了，造起了大路和地铁；传教士们不再受欢迎，无家可归了。

40多年后，我来到上海生活，完全不知道我的家人与中国的牵连，摆脱了历史的重担，只想把周围的新世界摸个透。

Chapter
05

第五章

牛油果阿姨与啤酒阿姨

只要你走出去看看，这座城市就总会给你带来惊喜。

她是卖蔬果的小贩，只有一间店面，开在昔日的法租界内，那条街有点抵制士绅化的气质。我的朋友们压低了声音风传她卖的罗勒、烟熏三文鱼和牛油果都很便宜。那是在 2007 年的上海，这种坊间流传的小道消息就堪称"重大新闻"了。那时的上海还没有数以千计的西餐厅，不像现在遍地开花，我们亲自下厨做饭的机会比现在多得多，因为不得不自给自足。

进口超市是有一些，但都很小，而且宰得人肉痛：我们在自家国内顶多花 20 元就能买到的一盒早餐麦片在这儿要卖将近 100 元！进口超市敢这样抢我们的钱包，就因为我们是束手就擒的猎物。但我的朋友们不算他们的目标客户。我们没本钱，不能在食品店里一掷千金，只求换来乡愁的慰藉。我们都是自愿来中国的，有人为了冒险，有人为了爱，有人为了逃避，但很少有人是冲着外国人能享受到的优渥待遇来的。要为一只牛油果掏 50 元人民币，我们实在下不去手。他们走他们的阳关道，我们走我们的独木桥，小道消息的来源可以是那个脾气很臭但做的酸奶很棒的虹桥法国人，也可以是那个仅限周末有售且数量有限、地点神秘莫测的墨西哥卷饼铺。

所以，当拥有一间普普通通蔬果店的 36 岁的姜勤决定在几盒牛油果上赌一把时——以进口超市抢钱价的三分之一价格出售——消息眨眼间就传遍了黄浦江南北。等我知道这个秘密的时候，她还找到了新鲜罗勒、松子和帕尔马干酪的供应商，她总是把这些东西搭在一起卖，认定我们要做意大利青酱的时候必会购入大把罗勒（倒也没错）。她总会在冰箱里为我们保留几片烟熏三文鱼，还有一些她批发买来但一勺一勺散卖的干香料。

在某些人心目中，她的雅号就是"罗勒阿姨"，但在旁人看来，她不过是个精明的蔬果店老板。当时正值牛油果的飙升期，在美国，它从一种有益的加州水果迅速变成了文化现象，一种青春和健康的标志，铺在烤面包上就好了。所以，这是不可避免的——只要她把放着牛油果的扁平盒子搁在店门口，也就是法租界老外聚居区的人行道上，姜勤就注定会成为"牛油果阿姨"。

* * *

姜勤高中毕业后从南通来到上海，她的父母都在这里卖地毯。她的个头娇小,留着男孩式样的发型,但她不喜欢卖地毯的生意,所以找了一片小店面,开始卖蔬果。她很会做买卖,也善于为顾客觅到特殊商品,这一点得到了家住附近的某位法国女士的由衷认可。这位法国女作家当时在写一本烹饪书,需要一些食材,都是在15年前的上海很难找到的东西,姜勤很愿意帮她忙。所以,当法国女士问起牛油果时,姜勤当即拿出她放在店里的中英词典,查到了这个单词,并展开了搜寻工作。

"卖不动!"水果批发市场的关系户这样回答,把她打发走了。她坚持要买,后来她告诉我,她要买就要先垫付——给批发商一大笔定金——否则批发商们不会冒险进口牛油果,因为谁也不能保证能卖出去。那时在中国,牛油果还不为人所知。谁会去买一种黑乎乎、油腻腻的水果呢?

几年前,姜勤告诉我:"一开始的几个月里,我是以成本价卖的。我根本不知道有没有人会买,所以只是把它们摆出来看看。"慢慢地有顾客了,她才开始在成本价上加几块钱卖。

现在,她每天能卖出几百只牛油果,一箱一箱地堆放在柠檬和胡萝卜的箱子中间。有一次,墨西哥总领事亲自带了一块牌匾来到她店里,感谢她大力支持墨西哥牛油果。(墨西哥、智利和秘鲁都在争夺中国的牛油果市场份额。)

时至今日,她已超越了"牛油果阿姨"这个大名。开放的理念、尝试新食材的魄力敦促她开发了各式各样的产品,从石榴糖浆到西藏藜麦,她已成为精明女商人的标杆,善于洞察顾客的口味，始终以低价在竞争中获胜。她从家乡带来了几个江苏亲眷，他们每年工作362天，每天从天亮干到深夜，只在除夕和新年的头两天休息。几年前，她盘下了旁边的店面，规模扩大了一倍。她的女儿——我以前总看到她在店铺后头做作业——现在已拿到了体育管理学的大学文凭。牛油果阿姨干得真棒。

* * *

2015年的一个周日下午，我和女朋友Tse一起出去散步，顺便遛她的狗。Tse和我喜欢探索新路，去我们以前没走过的街巷，那天，我们刚从可以让狗撒欢儿的华山绿地出来。我们有的是时间，尽可游荡。

我和Tse在一条无名小巷口的便利店外停下来。那是一家自营的小卖部，不是连锁的大品牌店，玻璃墙上排布着好多啤酒，都是我们从未见过的牌子。那时我还喝酒，我喜欢啤酒，但上海的啤酒品种仅限于国产品牌和少数进口啤酒，主要是比利时的。精酿啤酒在美国很流行，在中国却不行。我绕过街角，走到店门口，一下子就被惊到了！6只饮料冰柜在人行道上一字排开，里面摆满了外国啤酒。那阵势俨如商贸特展，而且都能买。店内的货架上摆放着更多不常见的啤酒，包括我这辈子都没见过的一些牌子。柜台后面坐着一个呆头呆脑的少年和他的母亲，旁边有台复印机。他们是怎么搞到这些啤酒的？从哪儿搞来的？为什么只在这儿有卖？

我问那个当妈的，但她一副不以为意的样子。"我就喜欢喝啤酒，"她对我说，"我卖的每一种啤酒我自己都喝过。"我和女朋友继续逛街。那时，我俩都已在这个城市生活了10多年，真没想到会在这儿——离我们的住所这么近的角落里——发现这等宝藏。

过了几天，我带着几个喝啤酒的朋友来了，兜里还有向编辑申请的采访经费。我向一个英文网站报了选题，打算写一篇相关的文章，所以，我可以在这些稀罕的啤酒上豪掷1000元——有些啤酒的价格真心贵。小店老板在人行道上摆了些户外桌椅，我和这帮酒友就坐成一圈，一边喝，一边听张银娣慢慢讲述她的故事。

张银娣40多岁退休后开了这家小店，但她从未向我透露过她本来是做哪个行当的。小店的主营业务是复印：要去对面派出所办事的人都需要复印件，一张两块钱，但她烦透了复印业务，讲真，她只想喝啤酒。她对卖酒一无所知，甚至不知道该怎样正确地储存啤酒，她联系了几家啤酒供应商，就跟他们说：带一箱酒来——不管是哪个国家的，也不管卖什么价钱，反正把他们手上有的所有啤酒都带来就好了。她会在货架上、冰箱里摆几瓶，她心想，就算没有人买，自己总归要喝的。不亏。

啤酒供应商们互通有无，消息传开，很快大家都知道了：

不管你库存什么，这位女士都会买一箱，不用验货，不谈价格。啤酒供应商开始带着啤酒来找她，全都是刚刚进口到中国的新货色。她搜罗到的啤酒越来越多。她在店外摆的冰柜也越来越多，到了晚上，就用自行车锁链锁起来。有些附近的酒客很认可她选卖的啤酒，更赞赏她每天 24 小时营业。因为地理位置有点偏，颇有点酒香巷深的味道。再后来，我来了，在一个阳光明媚的周日下午漫无目的地游荡到她的店门口。

我写了一篇关于张银娣的短文章，拍了她的照片，她笑得很灿烂；我觉得她和之前写过的"牛油果阿姨"很登对，就开玩笑地给她起了个雅号："啤酒阿姨"。我去编辑那儿报销了酒钱，就把这件事忘了。几天后，我的编辑把这篇文章发到了微信平台。不到一天就有了 20 万浏览量。张女士和她的小店眨眼间成了网红。本城的啤酒爱好者从四面八方涌来，把她冰柜里的酒都喝光了。这篇文章又被转载到其他媒体平台，反响不断，经久不衰。啤酒阿姨就这样成了超级明星。

* * *

每次我跟别人讲起这件事时，总会提醒自己当心点——别搞得好像我在吹牛。是我给张银娣取了"啤酒阿姨"的名号，没错，也是我给她带去了第一拨顾客，但那之后发生的一切——"啤酒阿姨"开了连锁店，出售几千种啤酒，出国拜访啤酒商——这一切都归功于她自己。我只是在正确的时间出现在正确的地点,擦着了火花,但点燃旺火的人终究是她自己,那是任何人都没预料到的。与姜勤不同的是,张银娣充分利用了"啤酒阿姨"这个昵称,用它做店名,还把她的肖像用在了商标上。她抓住了机遇,从小便利店的复印机后面走出来,先在隔壁开了一家专营啤酒的小店,接着盘下2楼,接着找到更大的店面,如此这般,一家更比一家大,直到一两年前,她在松江开了4000平方米的啤酒店。最近一次听到她的消息,说她正在计划开酒店、开啤酒博物馆、开更新更大的啤酒店……

我为张银娣感到高兴,更觉得好笑——她的品牌竟是我随口为她起的。但我不太和她碰面。5年前,我的抑郁症复发,比之前更严重,我开始服用各种强效抗抑郁药。医生不许我喝酒。甚至连一口啤酒我都喝不下去。所以,从2017年至今,我完全没喝过酒。

我最后一次见到啤酒阿姨是在几年前,当时有个朋友从美国来,他也是参加当年小店门口的第一次啤酒聚会的酒友之一,那次聚众喝酒引发了后来的这些故事,他每次回上海都想去看看张女士的店。那天晚上,我们去了她的一家店,事先没和她打招呼。很多人站在外面等位,但张女士一看到我就大呼小叫。更令人尴尬的是,她让一对男女客人当即站起来,挪到旁边那桌,和别人拼桌,好让我们有桌子坐;然后,她拿来一杯又一杯的啤酒让我们尽情品尝。顾客们纷纷转头来看，想看看啤酒阿姨的座上宾是什么人，竟会由阿姨本人亲自接待。在我们周围，大家都喝了不少，越来越喧哗，不停地从啤酒大厅两旁的几十个冰柜里拿新酒来喝。张女士渐渐融入背景，去忙别的事儿了，让我们自己喝。(我喝的是冰茶。)虽然我没有这个权利，但我真的很自豪。张女士抓住了良机，让自己改头换面。现在，每个人都知道她的大名了。

* * *

这十几年来，我一直住在姜勤的店附近，她卖的东西我几乎都买过了。刚开始去的时候，我还是个瘦巴巴的年轻撰稿人，满街找素材，晚餐前路过她的店就买点食材，或是在周末冲到她店里，在朋友来我家聚餐前买点急需的食材。她比我大10岁，我们都变老了。有天下午，我和一个朋友路过她的店。我们停下来和她打招呼，她对我朋友说："我刚认识他的时候，他很瘦的，很年轻。现在你看看他！又胖又老，中年人啦！"她笑着摇摇头，但我心里有点痛。我怎么能告诉她发生了什么事呢？我该从何说起呢？我说了再见，走了。

事实上，我和牛油果阿姨的关系早已成了往事，也许，她这些听来带刺的话是在提醒我：我该多多回去光顾。但从很多层面上讲，上海本身也已今非昔比。牛油果不再是进口超市里卖给外籍人士的奢侈水果了，中国大城市的居民们都早已接受；几年前我为加州一本杂志写稿时了解到，在中国，牛油果最常见的吃法不是铺在烤面包上，而是给婴儿和给坐月子的妈妈们吃的（进口）安全且（相对而言）不太贵的营养品。在中国，牛油果算婴儿辅食。最好的牛油果也不贵了。中外农产品公司配备了"催熟室"，牛油果和西红柿、香蕉一样，会在精心调控环境条件的催熟室里得到养护，经过特定的加热和冷却周期，接触乙烯气体，从而启动水果的自然成熟过程。

牛油果阿姨的故事走向也差不多。上海在发展。就在姜勤所在的街区，她的小店卖的所有东西几乎都能在好几家香港人开的进口超市买到了，还有盒马、淘宝这类网店可以用。如今，不管外籍厨师需要什么，几乎都能网购并送货上门。那么，牛油果阿姨的生意何以为继呢？欧洲人？也许吧，他们习惯了每天去店铺亲自选购食材，通常也都喜欢和店主交朋友。还有那些中文不够好，所以无法驾驭网络购物平台的外国人。还有某些在下厨前一小时发现自己忘了买什么东西——比如立刻马上需要一把罗勒的人。

还有谁？

我不知道——我有时路过她的小店会进去打声招呼，但已经很久没买什么了。

现在，我的酥油是在淘宝买的。

现在，我的牛油果是盒马送上门的。

上海的最后一代手工锅匠

他们打造的铁锅仍在我的厨房里,但他们的故事已随风而逝。

我搬到上海那会儿,格雷斯·扬(Grace Young)的专著《锅气》(*The Breath of a Wok*)刚刚出版上市,封面和内页上有一些上海本地打造的手工铁锅的照片,我暗自视其为一种挑战。

终于在 2006 年,我一路追索到了锻造铁锅的岑氏兄弟。之后的十几年里,那个用作工坊的小院子就成了我时常回访的地方。他们脾气坏、闷声不响、听力又差——就算兄弟俩认得我,他们从敲打的铁锅上抬起头来时也没表露过热络的神情。

即便早在 2006 年,岑氏兄弟也已是上海市区里的最后一代锅匠了。75 年前,他们的父亲靠锅起家时,手工铁锅是民间标配。到了 20 世纪 90 年代,闪亮、廉价、经常没商标的冲压炒锅成为普遍的家用厨具。在铁砧上数千次锤打铁坯的工匠没有竞争力,无法和批量生产的廉价厨具工厂抢市场,好比人们对计算器维修员的服务需求趋近于零。也有少数工匠仍在继续,或是因为手艺而自豪，或是因为别无选择。但即便是岑氏兄弟也最终放下了铁锤，封炉熄火。我最后一次去看望岑大哥的时候，他正在把仅剩的一些存货装车运走，岑老弟在一旁凝望虚空，肌肉发达的右臂搭在栅栏上。

那是2016年的12月，天灰灰的。小工坊里依然挂着他们父亲的黑白照片；70多年前，岑老师傅就在这条街上开始了铁锅生意。这些年来，兄弟俩一直吵着说要退休，哪怕他们的铁锅在海外的售价直线飙升，最终以匿名工匠作品的面貌出现在美国著名的厨具销售平台上。对于自己在海外的声名鹊起，他们完全无动于衷。他们总在为街坊邻居，而不是给从未见过的国际客户打铁锅，并依然像他们的父亲当年那样，把铁锅的价格定为50斤大米的市价。

并没有很多人觉得鹅卵石般坑坑洼洼的锅是好看的，但让邻里称道的是岑氏铁锅用上几年十几年都没问题，不像那些超市里卖的机制铝锅——虽然价钱只有一半，但很不经用，有的会在高温后变形，有的把柄会脱落。

城市发展进程中的异常波动为他们赢得了一点时间，但35年来，他们一直在户外锤打铁锅，熬过了上海湿热的夏天和湿冷的冬天；因为戴着耳塞，世间动静很难分散他们的注意力，他们从来都不是多愁善感的人。这是苦活儿。我曾问过岑家老弟，如果退休有闲了，他会去做什么。当时他50多岁，耸了耸肩，犹疑地答道："开开差头❶吧。"那是2016年的事了。

岑氏兄弟并非上海市中心最后的手工锅匠。有一次，我们的交谈中出现了一个罕见的插曲，他们提到了另一个锅匠，而且就在附近开工。在此之前，他们从未提起这一行里也有竞争，而且，他们谈及那个人时难掩嘲讽的口吻，好像很不可思议，因为作为锅匠的那个人用的是不用炉子的冷锻法。听了这话，我说走就走，想根据岑氏兄弟口中的微茫线索——"他住在虹口区，靠近一条大马路"——找到那个"新"冒出来的锅匠。我就是这样找到了陶师傅。

他坐在路边的折叠椅上，面前摆着几口银色铁锅，乱七八糟的铁匠工具随手摊开。那时已近中午，我刚从岑氏作坊里出来，相比于那儿叮当不断的锤打声，我有点怀疑眼前的这位是不是个冒牌货，他看上去就是个在野餐的骗子嘛。工具带上挂着一台收音机，正在嘈嘈杂杂。

他告诉我，他卖铁锅。是的，他就在这里做铁锅，不过要花点时间等货。我四下打量，想找到熔炉或其他能熔软铁坯的工具。我们聊了一会儿，然后，他进入工作状态，猫腰弓背伏在他的铁砧上方，鞋帮上套了只大手套，用脚踩的方式固定铁坯。他拿起一把铁锤：大钢块杵在很短的木柄上头。他开始敲打铁坯。慢慢地，一口铁锅在锤打中成型。

---

❶ 上海话，出租车。

陶师傅对我掏心掏肺，自称生不逢时。他的人生故事堪称中国当代改革开放进程的缩影。

他从 20 世纪 80 年代开始做铁锅，白天在制铁车间上班，晚上做自己的锅。他利用业余时间自学自练，反复试验，把练手用的铁锅以成本价卖出去，甚至白送给别人，以求打出自己的名号。事实证明，在 90 年代国企大规模改制、下岗潮开始时，他多学一门手艺颇有先见之明。当时提倡"解决再就业"，警察找他麻烦时，他拿出了上海铸锻厂的公函，证明自己已下岗。言下之意，他在解决自己的再就业问题：一口锅一口锅地解决生计问题。

到了 90 年代末，生意有了起色，陶师傅加班加点，每天要做五六口铁锅，每口锅要做 3 小时。那是为了谋生，算不上手艺，但好歹能让他收支平衡，还有富余的钱让女儿去学单簧管。城管对他挺友好的，他失去一个摊位后，他们还帮他找了另一个地方，只要他答应不在中午前开始敲敲打打。

他还遇到过很多别的坎坷——突如其来的疾病让他瘫痪了几个月；要供女儿读大学——我们聊过很多次，回顾过去几十年的生活时，陶师傅不止一次落泪。但总体而言，一切还过得去。

不知不觉间，他的工作慢慢地从卑贱的街头行当变成了文化遗产——至少在某些城市管理者眼中算是一种古老的传统。偶尔会有报纸采访他。新顾客找上门，老顾客成为回头客，要排队等几星期，才能等到他做的一口锅。持久的坚持，让他不仅仅是个锅匠,还成了一个手艺人。

2016年12月,对于所有锅匠来说都是个倒霉的月份。岑氏兄弟关闭了经营70多年的家族企业。多年来坊间都有传言,说附近的几条街都会被拆掉,现在传言成真了。陶师傅则被告知要短暂地休工一个月。

他在街上摆摊几十年,拎得清,所以他很配合。然而,等他1月回来的时候,情势大变。忽然间,城管不像以前那么好说话了。他们不再把他看作是靠一技之长养家糊口的下岗铁匠,而是"不正当使用人行道"且扰民的非法商贩。

凑巧的是,突然冒出来一批对噪音扰民的投诉。警察来得更频繁了。

虹口区的网站上出现了关于"铁匠问题"的工作报告。

事情到这个地步之后,我在附近的小巷里发现陶师傅猫在一只铁锅上。那片人行道上很干净,只有他一个人在摆摊。说起这些烦心事时,他的眼里噙满了泪水。他的妻子拿出他上过的杂志剪报,问道:"怎么能随便赶走他这样的手艺人呢?"他们跟我解释了重重矛盾,明白自己处在尴尬的夹缝里:在社会福利部门看来,陶师傅是自主创业的个体户,因此没有资格获得政府的帮助;但在城管部门看来,他的生意是非法的,因此不能让他继续做下去。

讲完这一切和许多细节之后,我问陶师傅,他到底想要什么。退出这个行当?他的健康、金钱……

我问他，如果有人给他提供合法的经营场地，他还会继续吗？他轻轻地说："我要考虑考虑。这门手艺，有些事情要好好想一想。"

这一切背后还有个更重大的追问：我们是否还需要锅匠？

陶师傅自己也有过一番评断。据他说，餐馆的炉子并不总是标准化的。有些炉子会比其他炉子的温度更高，厨师就需要为不同的炉子准备不同的锅。曾有厨师带着精确量度的数据来找他做锅。但现在已经没有这种事了。

后来，也有人向我质疑过陶师傅的技术，但他的故事太让人难忘了，他的炒锅有卵石状的锤印，很吸引人。我买了一些锅，还给上海的媒体写了几篇关于他的文章。陶师傅入这行比岑氏兄弟晚得多，也没有家传。彻彻底底的"新手"，只有几十年的打造经验，单打独斗入了这行。但在 2020 年 2 月，因疫情全城封控之前，他已经撤摊了。

认识陶师傅之后，根据他记忆中的点滴线索，我开始寻找别的锅匠。陶师傅提到了另一个人，在人民广场附近。不知道他是不是还在那里。他自问自答地说道，哦，听说浦东还有个老师傅，不过最近不太出来了。

我从市区开始，从市政府西边的几条街开始找。我找到了一个铁锅仓库，在一栋老弄堂房子的顶层。坐在暗擦擦角落里的一个中年女人跟我说，她父亲以前在前院做铁锅，但自从他去世后，他们就把这摊生意包给了浙江的一个村子。那些锅看起来一模一样，像是机器制造的。

有个朋友骑摩托车去浦东转悠。循着标志性的"叮——叮——叮"的敲打声，觅到了一个摆流动摊的锅匠，他就在人行道上摆摊，浑身上下只穿了一条平角短裤，但等这个朋友开始问东问西了，他就逃跑了。

我得到的最后一条线索在上海北部，时至今日，我只知道我要找的锅匠在本城外围边缘某个正在拆迁改建的社区里，理论上是在两个行政区的交界处，因为邮政编码指示的范围很含糊。

我走进狭窄的小巷，经过部分拆毁的老屋废墟，后来，我听到某栋房子里传出了有人过日子的声响。卖锅的？我问了一声。果然，这些老屋里还住着几家钉子户，死撑着不搬走，期待得到更高的拆迁赔偿金。

有个老伯伯拿出了库房钥匙。只见暗擦擦的房间里，放着大小尺寸不一的铁锅。我拿起一只锅看了看。表面有钢印，很光滑，显然是机制的。我不知道他在一个自来水都停了、大半房屋都拆光的小区里守着500口铁锅做什么，但对我来说，这条线索断了。

发生在中国的事多半最先发生在上海。也许，在上海外环外的郊区、在远离金融区100层摩天高楼的地方仍有锅匠存在。在中国这样地大物博的国家里，几乎不可能知道哪里还有别的手工锅匠。但在上海市中心，也就是我十几年来追寻锅匠的地方，手工铁锅这门技艺已销声匿迹。

* * *

虽然大规模生产的机制炒锅霸占了市场，但用锅子炒菜的未来可能属于机器人。这类自动炒菜锅可以把专业厨师从炒菜流程中解放出来，不同的制造商会设计出不同的型号和配置，但基础款看起来就像一个四十五度斜角安装在框架上的金属桶，底部有搅拌片可以慢慢旋转。在北京冬奥会期间，在抖音和Youtube上出现了一批关于自动炒菜锅的热播短视频，那是组委会为了减少人与人之间的接触而采用的技术手段之一（当然，也可以顺便炫耀一下），还被《纽约时报》(*The New York Times*)盛赞为"精准烹饪"。

我想亲眼看看。那天，我就搭乘早班飞机，再搭车去顺德。轻工业园区的道路两边都有棕榈树，佛山膳艺科技有限公司——我此行要参观的自动炒菜锅的生产厂家之一，就在这个园区。

货运电梯把我带到公司的3楼仓库，门缓缓地打开，毫无疑问，此刻展现的一幕会让岑氏兄弟、陶师傅和许多中国厨师不悦——最起码也会有点不爽吧。仓库里有一排固定在金属桌上的自动炒菜机。靠后面的是一个大小和形状都酷似飞机发动机的大型炒菜机，能一次炒出100公斤的食物，这个大家伙朝着过道，好像随时都能起飞。

奥运村的高科技厨房里的自动炒菜锅并不是膳艺生产的。

膳艺是一家稳固发展的中型企业，总经理李运宇发表过一系列阐述公司愿景的文章，其中一篇提到——如果其愿景能实现的话——他们期望能对中式美食烹饪方式产生深远的影响。

根据李经理的预见，膳艺的自动炒菜锅将帮助厨师转型为"内容创造者"，倾尽时间去创造食谱，让你下载到自家厨房的（膳艺）自动炒菜机里。他们不再是"光着膀子在炉灶前挥汗如雨"、只能服务于一家餐馆的人，而是可以利用应用程序相互竞争，先用一两个免费食谱诱惑用户，再像奈飞那样收取订阅费，把预备的电子食谱发放给订阅户。

"盐的用量将不再是'少许'，"他写道，"酱油不再是'一茶匙'。调味品的用量将精确到克、毫升。火候用摄氏度输出，翻炒时间精确到秒。"他的这番愿景让人想起如今西餐厅厨房中常见的高精度循环温控水浴机和组合式烤箱，以及能提供智能技术、须连接应用程序来控制的同类产品家用版本，保证你厨艺在线，出手不凡。"量产高度一致，"他写道，"厨师足不出户，从此味道放之四海而皆准。"

我旁观了一个电工忙着给 台全自动炒菜机接线，那台机器用的不是圆筒，而是一口标准（冲压）炒锅，还配置了大量电机、保险丝和电路板，这都是为了实现类似中式炒锅的标志性翻炒动作。触摸屏上的图文显示这盘炒土豆丝将在210秒内完成，但锅里并没有新鲜蔬菜。因为在电工校准机器之前，他们会用裹上机油的岩盐代替食材。看起来，用一套机械来模拟最简单、最优雅的烹饪技艺之一——翻炒，好像是一个特别艰巨的难题。

* * *

几天后，我坐高铁去了山东省的章丘市，专程参观臻三环公司，坊间都说他们家的铁锅堪称中国手工制锅界的"劳斯莱斯"。与我在南方看到的未来感厨具公司截然不同，臻三环的老板致力于弘扬传统铁锅手作工艺，不过他也会为此使用高科技——电子商务。

车间里的锤打声震耳欲聋，几十个锅匠不停的锤打叠加出一种紧凑的节奏。这边40多位锅匠坐在铁砧前锤打，合奏出一种工业化的音效。此外还有100多人分散在另外3个车间工作；最资深的锅匠享有单独使用的工坊。锅匠们都戴一种橙色的耳塞，许多人还在耳塞外再戴隔音耳罩，尽量在整个过程所需的36,000次锤打中保护听力。完成后的炒锅内部将会锃亮如镜，表面还能隐约看到斑驳、重叠的锤印，但用手摸是摸不出凹陷的，这就是彰显他们手艺的最明显的标志。

臻三环是华东地区手工铁锅技法的传承者，在2018年热播的美食系列纪录片《舌尖上的中国》第三季介绍了章丘炒锅的制作传统后，一夜成名。纪录片追溯了章丘炒锅的盛名，并聚焦于一个人物：王立芳。20世纪60年代，他还是个年轻的穷小子,去了省会济南,在最知名的铁器铺里当学徒。他是家里第四代锅匠,钻研如何制作华东地区偏爱的单把"炒勺"——这个地区是中国传统四大菜系之一鲁菜的发源地。回到老家章丘后的几十年里,他一直默默无闻地工作,穷巴巴地过日子,把他学到的锻打技艺和知识介绍给当地的铁匠,哪怕在90年代、在进入新世纪之际,大多数中国人都改用冲压铝锅了。

和岑氏兄弟不同的是,王立芳在本世纪初就出圈了。有一位章丘本地的餐厅经理冯全永偶然发现了王立芳的炒锅,并放到淘宝网上销售。冯全永打骨子里欣赏这种古老的手工艺,但网店的生意一般般,直到几年后另一位推崇传统手工艺并有电子商务背景的人加入,生意才真正做了起来——随着刘紫木的加盟,"臻三环"品牌正式诞生。

刘先生的工厂里聚集了一批令人难忘的锅匠。中国这么大,说不定在别的地方还有个体经营的锅匠,但据我所知,其他地方都没有这样的传统铁锅制作聚集区,也没有类似的铁匠聚集点。他说,一开始他先雇用附近的退休铁匠,在高速公路边建起了一间工厂,让他们有地方工作。他很尊重他们的经验和技艺。于是,越来越多的铁匠加盟,乃至一些完全没有铁匠经验的人也被吸引而来。资深锅匠可以当师父,教新手在一年学徒期做出一口像模像样的铁锅。时至今日,臻三环旗下锅匠的平均年龄约为50岁,年轻人很多。

离开冷锤车间,我们回到刘先生的办公室,他从架子上取出一只看起来像厚底金属盆的锅。"这口锅有100多年的历史了,"他告诉我,"外形有三个特定的角度,我们最受欢迎的铁锅都复刻了这些特点。"虽然臻三环作为品牌还不足10年的历史,但刘先生特别指出,他们的制锅技术可以回溯到1912年——那一年,有位大师级别的锅匠逃离动荡的北京,来到了相对安全的山东,创立了同盛永铁器铺,也就是40多年后年轻的王立芳当学徒的地方。

接着,刘先生又拿起一口假冒铁锅,锅上看起来是有一些凹陷的锤印,但都不是手工锻锤出来的。"看到这儿没?"刘先生指着铁锅的边缘跟我说,"这儿就没有锤印了。"确实,还没到锅边,那些凹痕就消失了,尽露光滑的金属质地。他把锅翻过来。我们在车间时他就说过,要甄别手工铁锅的价值高低,关键要看锅底,而非闪亮的锅内。他说,锅底越黑,说明锅匠的锻打力度越大,锅的质量就越好。假冒手工炒锅的底部是光溜溜的,一看就是机器冲压金属的结果,因为冲压过程中的应力线必定和锅边保持垂直。

对臻三环手工铁锅来说,《舌尖上的中国》带来了好运,也带来了厄运。虽然纪录片中没有明确提及品牌名,但镜头里的王立芳和他的家人与这个品牌有着密切关联。节目播出后的10分钟内,臻三环的全部库存就在网上销售一空。章丘铁锅一夜爆红,但也旋即出现了许多无良假货,全是想要一夜暴富的假冒锅厂炮制出来的。为了抗议假货浪潮,臻三环停止售卖3个月，以证明市场上已没有真正的臻三环手工炒锅。甚至有人翻过工厂的大门去找炒锅！所以，刘先生买了几条看门狗。

直到今天，手工铁锅市场仍很混乱。哪怕臻三环公司出品的正宗铁锅比以往更多，实体店和网店里还是有号称是手工铁锅的机制炒锅在卖。刘先生告诉我，臻三环现在的铁锅产量已达到每年上万口。

刘先生带我去济南的餐馆吃午饭，餐馆就是他开的。我的问题围绕着销量为何能如此高涨，以及，这是否意味着中国年轻消费者对手工艺产生了前所未有的兴趣？我的推断当即被刘先生否定了。"你，你是美国人。从小到大，你身边的所有东西都符合工业化标准。在你们的生活中没有那么多手工制造的东西。"刘先生对我说（非常正确），"你喜欢手工制作的东西，因为它们独一无二，不是工业流水线上出来的。但在中国，我们小时候有太多的手工产品。太多了！所以司空见惯，并不会珍惜。现在，我们想要锃亮的工业化设备，双立人的刀，德国的锅碗瓢盆。它们不容易有水渍，也不会生锈。"

大家对手工炒锅又有热情了，但大部分人感兴趣的并非工艺，而是材料。刘先生说："那都是为了健康。我们的客户不关心手工艺。他们没觉得这些炒锅好看。大多数客户有了宝宝两三年后，意识到用不粘锅做饭对孩子来说不太健康。对自己呢？他们倒不太在意。但他们会把每一分钱都花在孩子身上，不希望孩子的食物里有铁氟龙的碎片。所以，他们开始寻求更健康的传统饮食方法。"

下午晚些时候，我们开车横穿章丘，来到一个沿公路的商业区，王立芳和他的家人正坐在一家臻三环炒锅专卖店里，他抽着细烟，喝着茶。相比于别的身份，现年88岁的王立芳更像是品牌大使和品牌官方智库。他每天都和家人或亲朋好友在一起打扑克，这天，他兴致勃勃地允许我们打断他的日常娱乐，进行一次简短的会面。

他的儿媳妇坐在他旁边，她见证了夫妻锅匠组合走到了最后一代。坐在桌子对面的是他儿子王玉海，王家第五代锅匠，他已小有名气，要买到他亲手制作的炒锅须提前6个月预订。

第六代的孙子负责上茶。他负责经营这家零售店。他的儿子还是个蹒跚学步的小娃娃，此刻就在大人身边跑来跑去。

王家父子都有重听，说的也都是口音浓重的山东章丘方言。除了寒暄，我们很难听懂他们说什么，刘先生主动担当翻译，但在告辞的时候，我们与这对父子握手，一下子就能从他们生硬、粗糙的手指和有力的抓握中感受到几十年的辛劳。发动汽车时，王家四代人都站在车旁挥手，目送我们离开。

* * *

接下去的那星期，来自臻三环的包裹寄到了我的办公室。里面有一只小炒锅，正是仿照刘先生办公室里那口百年历史老锅做的，现在我的藏品里不仅有岑氏兄弟和陶师傅的，还多了臻三环的手工铁锅。锤印一直延伸到锅边，底部是黑的。

"我真的不抵触自动炒菜锅，"刘先生对我说，"但是，当你把菜肴标准化，变成同一种口味时，就会失去一些东西。用手工炒锅的话，每盘菜都不一样。每件器物都和制作它的人一样，人品如器品，器品如人品。"

与此同时，膳艺的老板在微信上给我发了几十个智能烹饪设备的视频，包括他们家的炒菜机在中国各地餐馆里的运作情况。他们告诉我，出口北美和欧洲的销量正在增长。

我很想知道陶师傅、岑氏兄弟会如何看待这一切，但我再也找不到他们了。陶师傅的电话被他夫人接管了，她言之凿凿地说他的没落该归咎于媒体关注太少了，我想请他接电话，她就把电话挂断了。岑氏兄弟踪迹全无，新的地址和电话号码都没有。偶尔看到出租车驶过，我就想起那位老弟。讲真，他有没有考过驾照？乘客会注意到他的右臂格外粗壮吗，会注意到他的听力很差吗？他会不会怀念和哥哥一起在户外干活的那些日子？

我在这座城市里寻觅铁锅的岁月已成过去。岑氏兄弟是我在 2007 年给 *SH* 杂志写的第一篇特稿的主人公，陶先生的故事则是给同一本杂志写的最后几篇文章之一。他们打造的铁锅至今仍在我的厨房里，但他们的故事已随风而逝——铁锅的寿命比锅匠的工作生涯更长久。在中国大城市，炒菜锅的未来更有可能接近膳艺对静音、高效的公寓厨台智能化的预想，而非刘先生在嘈杂的工厂里坚持的工艺复兴，也不可能是岑氏兄弟传承过但业已消弭的老派技艺。依然会有人力挺手工造物，但人与物越来越隔阂、越来越遥远了，我不知道还有没有人为此介怀。

关于拉面,我懂得很多

就那么拉扯几下,再随手扔入一锅沸水。简直是魔术啊。

关于拉面,我懂得很多。

- 手工拉面需要4种材料:面粉、水、盐和蓬灰。
- 蓬灰是蓬柴草燃烧后的草灰,这种草本植物生长于中国西北部的干旱丘陵和山地,亦即拉面的发源地。
- 20世纪90年代,兰州大学确定了手工拉面中须含有这种成分——没有蓬灰就做不出拉面——并加以人工提炼。
- 不管他们在兰州怎么说,用碳酸钾拉面剂都比传统方法更安全。
- 在兰州吃拉面很有讲究,9种拉法对应9种面型。我都认得出来。
- 虽然拉面看似自古就有,但事实上,现在的兰州拉面是在1915年由回民始创的。
- 我见到并采访了拉面创始者的曾孙,还吃到了这位老人亲手做的拉面。
- 拉面成功的关键在于和面时要顺着一个方向揉，这样面筋才不会紊乱，面条才能抻长而不断。
- 看辣子红油就能区分一家拉面店是兰州人还是青海人开的。
- 必须用高筋面粉。

关于手工拉面的这一切，我都了解了，甚至还有更多。

但我依然是外行：只能说是拉面业余选手。

在顶乐兰州牛肉拉面职业培训学校的第一天，我兴奋得像个孩子。那是兰州郊区的一栋平凡无奇的大楼，我一口气就飞奔到6楼，换上白色的工作服，乖乖地走进实操教室。我身边尽是身穿橙色镶边短款厨师制服、头戴纸制厨师帽的职业班学生，轮番练着撕面和揉面，乳白色的大面团为整个房间带来一股类似鸡蛋的微弱气味，那是蓬灰溶于水之后的味道，这种碱性液体不仅可以让面团松弛又筋道，还能带来独特的口味。

想当年，我到上海的第一个早晨，在浦东香格里拉酒店的早餐自助餐上第一次目睹手工拉面时就被惊艳到了，从那之后，学做拉面就成了我的一大梦想。只见厨师抓住一长条软绵绵的面团的两端，双手一振一荡，大开大合，利落地把长面团抻出活力，再啪一声拍落在他身前的桌上。就那么拉扯几下，再随手扔入一锅沸水。简直是魔术啊。

一见惊艳后，我已经看过不下几百次拉面了。我也懂得了拉面的制作原理和过程。大师、学徒和初学者做拉面的样子我都见过了。但我始终心存敬畏。我必须亲手去学。

所以，2016年，我终于去兰州学习做拉面了——距离第一眼的惊艳已隔10多年了！在那一星期里，我听从丁大师的教诲——他又瘦又韧，俨如拉制完美的拉面；也挨了不少刘大师的训斥——他矮墩墩，喜欢吹牛，俨如堆在地上的50斤装面粉。

我们总是从一斤面粉、一碗水开始。面粉倒在工作台上，当中挖出一个洞，把水倒进去，然后用精妙的手法完成一整套动作：揉面、撕面、捣面、搓条……直到面团摸上去非常柔顺、均匀，好像嚼了太久的口香糖。

丁师傅偶尔才来看看。复杂的步骤、不可言喻的手感会让我们中的某些人乱了阵脚，为了快速拯救学徒，丁师傅会用掌根在面团上按压几下，身子靠在桌边，左脚向后伸，以便使上力气，用右手揉面。要是用左手，就是右脚往后伸。最后，他会得意地把面团捧到胸前，再摆出一个优雅的手势——双手向两边平展，面团也随之抻长。

刘师傅的策略与之不同。他总是在丁师傅来过之后再出现，把四五个学生的面团揉在一起，再把这个大面团狠狠地砸在不锈钢桌面上，砰然作响。他以双拳捣面，又揣又揉，像是要把面条从面团里直接一根根撕扯出来。他像个粗野的杂耍人，又是面馆里的超级巨星，浑身上下无处不见十几年从事体力劳动的人所特有的生猛蛮力。

日子就这样一天天过去，把面粉揉成面团，把面团拉成面条，成果有好有坏。午间休息，我们的午餐不会有别的，永远是面条，吃完继续，揉、撕、捣、揣、扭、拉……练到傍晚。一周过半时，教室里响起了铃声。那天有考试，有8个学生参加。因为招生工作是滚动进行的，所以每天都有新学生来，只要老学生能通过理论和实践考试，随时都能毕业。我们一阵风似的跑到楼上，那儿的厨台已拼排在一起，上面摆好了8堆面粉。

考生们摩拳擦掌，在这里认识的新朋友们纷纷给他们加油。有些人真的像运动员热身那样为自己鼓劲，原地跳跃。也有些人默默站立一旁，有点怯场。女考官看了看表，做了个手势，表示考试可以开始了。

考生们只有18分钟。他们必须在18分钟内做出4种面型的面条。监考的女孩们都是学校里的文员，她们拿着写字板、数字卡尺，一一评估考生的手艺。考试终于开始了，每个人都在用加倍的速度操作，用他们所能及的最快速度去和面、揉面，时不时洒一点蓬灰水，好让面团更柔韧，不断地翻转、捶打面团，那气势就像在对待一个仇人。

17分钟过去了，面条在一切蛮力巧劲之后逐渐显形。

考生们交出了考卷，摆出来给大家看：细面、二细、韭叶和大宽。丁师傅和刘师傅站在一旁，脸上没有任何表情。旁观者都凑上前来看同学们的面条，时而点头表示赞许，时而摇头表示不认可。

负责监考的文员们逆时针绕着小厨台走了一圈，测量，检查，把一根根面条挑开细看。面条合格，她们就随口一喊"合格"。被判为"不合格"的考生们当然很沮丧，只能默默地把面条和剩下的面团揉成一团。我们班的一行人也回到教室，继续面对面粉和水。我们都得从头开始。

对大多数学生来说，每一天都是这样过的，不是练习就是考试，手指上总沾着面糊，散发着隐隐的蓬灰味。

我还是没考过。并不是因为我不得要领。手工拉面的过程复杂且微妙，要求挺多的，但并不算神秘；只要花时间，丁师傅、刘师傅和李校长还没见过哪个学生学不会的。但需要时间。还有耐心。而这正是我缺乏的。

在短短一周不到的时间里，我对手工拉面的做法和兰州拉面整个行业的了解就已远超预期。但是，兰州的郊区实在太无聊了，没别的能打发时间，就连我这样痴恋面条的怪咖也觉得无趣。我实在做不到仅仅为了通过考试而继续待一个月，每天重复同样的日程。我就这么撤了。

但两年后我又去了，还带了一个摄制组。我有个朋友叫李佳，她听我说了拉面学校的事，就想拍一部拉面学徒的纪录片。在那个星期里，她和助手们跟拍了学生们做面条的场景，还悄悄地把他们拉到没人的角落，进行一对一的采访。有的人充满期待——比如那个想自己开店、和女朋友一起创业的年轻人，故意对她保密。也有人毫无期待——比如从北京过去的高个子送奶工，他有眼疾，有一只眼几乎看不到面条。有个学生甚至坦白说自己根本不喜欢拉面，只是为了糊口，需要一份打工的技艺。大多数人都来自贫困家庭或地区，或是学业不佳，都想有一技傍身。极少数人有点钱，想自己开店，甚至连锁店。在通过18分钟的测试并得以毕业之前，他们都得住宿舍，8人一间。他们都是汉族人。

不过，就算他们毕业了，也不一定能在某家面馆找到工作，也许顶乐旗下的面馆最有希望吧。

有几天下午学校放假，很安静，我和摄制组在兰州周边做了实地考察。其中有一程是为了去见一个拉面师傅。几年前，我试图在家自学做拉面，刚好在优酷上发现了喇炳南的教学视频，看他行云流水的动作，让人觉得做拉面毫不费力。我们在城北一条尘土飞扬的公路边的酒店里找到了他，住那间酒店的大都是货运司机，酒店免费提供的早餐就是拉面，拉面就是他做的。早餐时段非常忙碌，所有客人好像都会在早上7点出现，总有几十个人在排队，等着吃上一碗手工拉面，但就算赶时间，喇师傅也照样一丝不苟。他个子不高，但肌肉发达，有种军人的气质，他在厨房里忙碌时没有一个多余的动作，非常高效，一大早就把大块牛腩和腿肉挂在炉子上炖，等早上第一批客人涌入时就能把牛肉直接挪到煮沸的大锅边装盘了。

他的副厨是个来自贫穷的东乡族聚居区的回族人，源源不断地为他递送拧好的剂子——长度和厚度都和前臂差不多。负责点菜的服务生站在排队的顾客边,喊出下一个客人指定的面型:二细!韭叶!毛细!小宽!二细!两名年轻的工作人员会把50斤装的整袋面粉倒在后面的厨台上,将面粉、水和蓬灰混合均匀,在桌上抻长、翻叠后用手将面团揉顺。这不是拉面学校里所教授的17分钟一板一眼的步骤,而是商业实操中的大批量生产流程,面团的手感和韧度就在他们交接的手中发到完美的状态。没有人用尺来量,也没有任何多余的动作,只有实战经验才能练出这种效率。

后来一起吃晚餐时,喇师傅把早上的繁忙比作"身在瀑布中",面团就像水一样从他手中流过。他竟是这么富有哲理,用近乎冥想的姿态——同时又很切实——描绘了一碗拉面从无到有的过程,在触及一捧当年出产的新鲜面粉时,他能感受到不同年份的小麦的异同、面粉中的水分是多是少、研磨得是粗是细。他说自己拉面时脑子里一片空白,但他显然想到了很多细节。我去过兰州好几次,在遇到过的所有拉面师傅中——既有闻名全国的拉面大师,也有每天拉几百碗拉面、默默无闻的小店师傅——没有谁像他那样有如此优雅的谈吐和感受。喇炳南是当之无愧的大师,多年前就是,至今仍是。

还有一天,李校长为我们组织了一次游览农场的活动。李校长40岁出头,看起来很年轻,他创办这所学校的初衷只是为了解决自己的切实问题——他有300多家连锁面馆,但训练有素的厨师总也不够用。李校长想让我们参观的养牛场也是他们公司直属的,开车过去大约3小时。我们走在牛栏间,和养牛场的经理讨论了不同品种的奶牛各有什么优点,之后,在返回兰州的路上,我们惊讶地发现车子停在公司直属的一家清真屠宰场前,这个转折真令人措手不及。当天下午有一批新的奶牛送过来,总共约有15头,牛的主人正在把它们赶下卡车后车厢,让它们一个接一个往里走。

我们套上鞋套、围上发网,往里走,上了2楼,从落地玻璃窗可以看到整个屠宰过程。左边,刚好在我们的视野之内,排成一列的奶牛走进屠宰场就会被电击枪击晕,然后,阿訇会以迅雷不及掩耳之势割断它们的喉咙。插在牛蹄上方肌腱里的钩子将整头牛悬挂到天花板上的轨道上,在生命流逝的过程中,这些庞大的生物不停地扭动身体,踢动腿脚。它们被挂在这条流水线上慢慢移动,最后死去,一动不动,再被熟练地分解:剥皮,由下至上劈开,大大的内脏被取出来。身着白色工作服的屠夫们动作飞快地去除动物体内的特定部位,分门别类地放入蓝色塑料箱,再将牛身推回滑动的流水线,最终进入冷库。整套工作流程很干净,有条不紊,令人清醒,也令人着迷,像我这样半吊子的拉面学校学生通常没机会迈入这个不对外展示的世界一窥真相。

回到兰州市区后,李校长带我去黄河北岸一家在当地颇有名气的面馆:吾穆勒。这家牛肉面店的名声一是源于牛肉的品质,二是因为他们沿用古法制的蓬灰,而非人工提炼合成的拉面剂。店里处处都很老派，服务员用老秤杆来称牛腱子肉片，木架上陈列着一块像小陨石般的硬石——真正的蓬灰，权当招牌，广而告之：本店固守古法，哪怕严格来说是如今不合法规的做法。

还有几天，我独自去拉面协会，采访了一些管理者和面馆老板。每当觉得上课太无聊——持续3小时的撕面、重新整型——我就会溜出来，去街边的陈记逛逛，这家兰州馆子实在太地道了，总有些顾客蹲在街边吃面。

有天下午，已经下课了，但晚餐（面条）还没准备好，我和李佳的摄影团队上了屋顶天台，学生们都喜欢在天台消遣。夕阳正在沉入尘土飞扬的地平线，她在拍摄学生们嬉闹、相互取笑的场景。几天来，我一直在听他们讲自己的故事，作为一个沉默的观察者，和他们保持距离，其实我很想和他们沟通。

最后，他们开始反过来问我们的事了，轮到我介绍自己时，大脑突然一片空白。我的中文水平太让自己失望了。我想说自己和他们一样，只是个普通的厨房工作者，但我把"雇员"这个词和"公园"的发音弄混了，所以一直傻傻地自称"公园"。无论如何，李佳的纪录片拍得很成功，但那不是我的功劳。

几年后，我在上海和一个澳大利亚厨师交上了朋友，他想学做拉面。"我在兰州上过拉面学校哦。"这么说的时候，我压根儿没意识到我高估了自己的记忆力。"哦，是吗？"他说，"那你做给我看看吧。"接下去的两个小时里，我把面团搅和成了一锅粥，把好几个步骤混在一起，炮制出一坨根本无法拉动的面粉和水的混合物。每一次叠面都叠错了，每一次揉捏都错位了，那位厨师朋友对我的敬佩肉眼可见地逐渐消退。我嘴上说着"我觉得要再加点蓬灰"，指望着这种神奇的化学制剂能拯救我，然而事与愿违，那只是让我们的手闻起来更有硫磺味了，搞到最后，我俩都放弃了，把面团扔了，出去找饭吃。

我上过拉面学校——而且去了两次——还拜见了几位业界大师。我参与制作了一部纪录片，在兰州去过的拉面馆多到我自己都记不清。

我知道很多关于拉面的事情，这话没错。但我还是拉不出来。

美食是最好的借口

我想透过食物的镜头去看中国。

美食把我带到了中国,但我不是为了中国美食而来的。

当时,我知道且欣赏的中国菜仅限于酸辣汤、裹着甜酱汁的咕咾肉、装在小铝箔袋里的酱排骨和幸运饼干,它们可能是在铁锅里煮的,可能是用菜刀切的,但传承的内容仅此而已。美国人所说的"中国菜"有很多特点——不健康、美味、疑似粤菜、中国移民努力适应美国人糟糕的饮食习惯的结果、不正宗、便宜,但与中国美食的关系相当薄弱。就像纽约的意式美国菜那样,最好把美式中国菜视为单独门派,属于本尊的远房后裔,不管在家谱上有多远,好歹算是个后代。但是,那样的"中国菜"不太可能激发很多人去中国旅行的欲望。

另一方面,中国菜——这次说的是我们在中国吃到的菜——是……很复杂的。中国菜,这几个字无法暗示这个概念的范围有多广。就好比把亚洲以外的所有菜式简化为"西餐","中国菜"这个专有名词只能是把三维立体的美食集合体平铺在一个单维平面上,极端地扁平化了。我花了多年时间探索中国美食世界,至今仍像是一无所知。我从新疆追到云南,横穿中国的中部和南部,纵贯东部沿海,乃至在国境线外探索,但我依然不知道该如何定义"中国菜"。用美国最高法院法官波特·斯图尔特(Potter Stewart)谈及淫秽和色情的定义时说过的金句回答倒更贴切:"我看到了就会知道。"

但对我来说,美食之事历来就不仅仅是关于食物的,或者说关乎吃——我认为这是与食物有关的最无聊、最可预见的行为。美食是最好的借口。

我离开了美国老家,抛下了原本的生活,搬到了地球的另一边,在中国找到了新生活,都是因为美食。我想来一场大冒险,而美食给了我更多。食物几乎是我拥有过的每段人际关系的基础,是推动我度过每一天的动力,在所有事情都走下坡路时,也是食物启发我继续前进。我透过食物的镜头去看中国,每当我感到与这个国家若即若离时,我总会回归美食,我与他人见面、交往也是借由美食的媒介。伟大的平衡装置。因为每个人都要吃。

我最不惦记的就是滋味。我对你是不是喜欢某道菜并不感兴趣,我感兴趣的是你为什么要吃这道菜,为什么要这样做这道菜,谁为你做的,他们的故事,你为什么吃这道而不是那道菜,以及诸如此类的一千个问题。我想深入了解是谁、如何、为什么、在哪里和什么时候做了什么菜,这与滋味如何没太大关系。再往深里说，我想知道的这些问题的答案能说明我们作为人类、作为一种文化、作为一个人是什么样的。一言以蔽之，我想理解你吃什么，这样我才能了解你，并且，最终了解我自己。

为了寻找答案，我去了中国的许多地方，寻找精彩的故事、有趣的人。每一次旅行都成为我好奇心的出口，哪怕并没让我对这个世界有更深刻的认知。我找到的人、偶遇的人教会了我很多东西，让我增长了对中国的了解，而中国也教会了我很多，让我增长了对自己的了解，从某种程度上说，这种不断向他人取经的冲动是一种自我完善的形式。吃饭只能说是一种副产品。

我经常旅行，因为身体上的体验能让我走出舒适区，迫使我起身，融入新的体验。我在上海挺懒的，叫外卖吃，赖在家里。但只要一上路，我就没的选了。一直宅家的话，我就永远不会遇到刘、陈……他们这些有趣的人了。

* * *

刘华在铁锅里把水烧热，轻巧地滑入四分之一只蓝孔雀。❶快速汆烫后，加入少许香料进行翻炒，然后，他把整块孔雀肉移入高压锅，加入清水和一些昂贵的野生菌块，之后他就可以

---

❶ 在世界自然保护联盟红色名录上，绿孔雀被列为濒危物种，禁止食用。这里是人工养殖的蓝孔雀。

随意打发一小时，孔雀肉会变成汤。

他有经验。做过几百次了。

现代文明史上，刘华煮过的孔雀可能比任何人都要多。他快速统计了一下：在过去的12年里，每个月都要做十几次。如果在当月的第七个工作日没人预订孔雀汤，他就给自己放一天假，但除此之外，他一直都在中国南部云南省的这家热带餐厅的厨房里——我就是在这家餐厅里找到他的。餐厅位于自然公园内，公园的主要景点就是……嗯……活孔雀。

这座西双版纳原始森林公园距离缅甸和老挝的边境大约80公里，我是来这里尝孔雀汤的。景洪城里到处可见孔雀饰品。孔雀，是这个城市的非官方吉祥物，是备受尊崇的傣族的象征，也是这个号称自然的自然公园的主要卖点。但据我所知，在这里只有一份菜单上有孔雀，就在刘华的餐厅里。

在所有古老文明中，并非只有中国人将孔雀视为食物。古罗马人也吃孔雀：舌头、脑子……什么都吃。14世纪的法国宫廷名厨塔耶旺（Taillevent）在其烹饪书中留下了一则简明扼要的说明——"就像天鹅，吃的时候加点盐"，但他从来没有解释过如何烹饪孔雀（也没说如何烹饪天鹅）。在中世纪晚期的欧洲，都铎王宫举办宴会时，先把孔雀的羽毛和皮全部去掉，把肉烤熟后，再把羽毛和皮归于原位。1971年，伊朗国王在庆祝波斯文明的宴会上，为海尔·塞拉西一世（Haile Selassie）、奥森·威尔斯（Orson Welles）、菲利普亲王（Prince Philip）和一众政府领导人端上了烤孔雀肉。

中国7世纪的医学纲要中曾提到孔雀可入药：可以刺激女性的某条针灸经络。但除此之外，我很难找到关于食用孔雀的资料，好像真的不太多。在傣族文化中，孔雀是吉祥的象征，而非食物。我问过的所有厨师、家禽批发商、出租车司机、公园里的表演者以及户外夜市里的路人里面，没有一个人意识到孔雀也能吃，也已入了菜。就连餐厅经理也承认：确实没有孔雀菜的历史可堪查证。

西双版纳原始森林公园的孔雀现代史始于2003年。公园最招牌的项目之一就是"孔雀飞翔"，每天有7个表演时段，共有300只经过训练的孔雀从小山坡上飞下来，飞过餐厅的屋顶，降落到池塘边的草地上。员工给它们抛撒一些饲料，作为奖励，它们啄食几分钟，游客拍拍照，然后，孔雀就飞回栖息地去了。

表演本身乏善可陈，但有一点令人咋舌：孔雀并不是生来就会飞的！正如公园的孔雀驯养员向我解释的那样：一只孔雀要花两到三年来学习，才能完成飞下坡的壮举，而且，不是每一只孔雀都能学会。

假设公园的经营者想到了这一点……你大概就能明白了吧。一方面，这座公园里的孔雀数量始终保持在3000只左右。有些笨鸟就是学不会飞。还有些老了，或是断了尾羽。另一方面，公园里也有餐厅，太阳落山、表演结束后，还想让顾客继续消费可不是那么容易的事，而且，嘿嘿，在公开的自由市场上根本买不到（或者说是合法购买到）孔雀肉，所以……

西双版纳原始森林公园的经营者率先获准后，孔雀美食就在中国开始了间歇性的发展。2002年，上海一家酒店推出了"孔雀宴"，针对"由于工作繁忙而易于便秘"的新兴白领上班族，推广孔雀的养生功效。2003年，林业局正式允许人工饲养食用蓝孔雀。

刘华和我切磋了一些烹饪孔雀的技艺——说白了，和做风干鸡差不多。他用来给我煲汤的孔雀肉只有四分之一，剩下的四分之三还放在不锈钢柜台里。一条腿不见了，另一条腿显得又长又柔韧，但除此之外，看起来和别的拔过毛的禽类没两样。我们要等汤煮好，我索性去露天餐厅里溜达溜达。除了我们这桌，木顶天棚下的偌大餐厅里只有另一张餐桌，悬垂的兰花、香蕉树和热带藤蔓组成华丽的装饰，我就围着它们转悠。那张大一点的餐桌上摆放着精雕细刻的孔雀小雕像。

终于，餐厅经理端着一大瓷碗汤来了。我追问他：把公园的卖点端上桌、把幸运的象征煮成一道菜，他会不会良心不安，有没有顾虑？他当然没意见，他的理由是：他们养孔雀的初衷不是宰杀它们——他认为那才是恶劣的行径——而是为那些不能再工作（或是根本不能飞）的孔雀开辟了另一种用途，这符合自然，甚至几乎算得上是高尚的行为。

第二天，对这座城市进行一番深入观察后，我甚至要为他的说法点赞了。以卖家禽为生的市场小贩说"孔雀太漂亮了，吃不下去"，傣族厨师毫无顾忌，唯独担心孔雀的内脏有毒（并没有），大家的看法五花八门，但似乎吃孔雀并不算什么大禁忌。事实上，在我看来，吃孔雀这件事开始显得挺坦诚了：针对任何以孔雀为卖点的自然保护区的经营者都可能遇到的不可避免的问题，这套解决方案非常实用。

我把清汤和几块大小不一的孔雀肉舀到自己碗里。皮上的毛孔很粗大，骨头里面有细细的格纹，好像珊瑚或海绵那样。我咬下一口肉时，那些孔雀——在我视线之外的那些——突然尖叫起来。叫了三声，声声入肉。除此之外，并没有别的戏剧性场面。刘华恪尽职责，让孔雀走完了生命的轮回，从表演者变成了肉汤。看起来，孔雀实在是华丽的生物，但它们的生命也终将有尽头，我们也一样。吃起来嘛，孔雀很像火鸡。

* * *

有人给你一只猪头——这场面不会天天有。

唐郭给我端上猪头时，我刚在国家级梅山猪育种中心的食堂里吃完红烧肉：梅山猪和杜洛克猪的杂交品种。我想看看鲜肉，因为这品种以其致密的大理石纹、高脂肪含量而闻名于世。

小唐 30 来岁，看起来很年轻，但已是农场主任。他把我领到一间侧室，拉开冰柜。里面有处理好的各种猪肉：有肉糜，有丁块，有板油，还有两整只猪头，皮、鬃毛和耳朵都在。小唐抓住一只猪头的双耳，使上劲儿，想把整只猪头从冰柜内的冰层里拽出来。我好担心那对耷拉下来的大耳朵会断掉，它们现在已经被冻得硬邦邦的，看起来很脆。

"来，来，你拿着这边。"小唐连声催我帮忙。

我到上海嘉定市郊的这个研究型农场，就是想看看梅山猪那些可爱的丑面孔，上海有两种传统本土猪，梅山猪就是其中之一。我花了好几年才完成心理建设，耐着性子挨过漫长的车程，终于来到这个靠近江苏的偏远郊区。我第一次知道梅山猪是在一家东京的餐厅点菜的时候，那家店专门做炸猪排，我挺好奇的：难道有什么事是中国厨师不知道、日本厨师反而知道的？我在中国各地吃过几千几万次饭了，从没见过哪本菜单专门提到梅山猪。

我带着这个问题上网，还特意去了图书馆，最终来到了小唐面前。我做了功课，知道大家都认为这些丑丑的小家伙（呃，也不算小啦——它们可以长到200公斤呢）是为了猪油而存在的猪：特别肥，屠宰主要是为了炼猪油，堪称猪界鲸鱼。我在资料上看到，梅山猪在屠宰后的出肉量很低，而且它们长得很慢，不值得花那么多时间或财力去等肉。但是，它们的产仔数很高，因而备受重视，从20世纪80年代开始人们就把梅山猪和更瘦、体形更大的美国杜洛克猪杂交，产出一种既有大量脂肪又有精肉的猪。这种猪生长速度快，但不会快到影响品质，还能保证很高的产仔率——这是养猪农户们很看重的一点。

背景故事是小唐补完的。

研究保护中心成立于1958年，无尘设备区和养猪场就在风景优美的渔区内。当时，嘉定和太仓（位于上海市和江苏省交界处）的农户仍采用世代沿袭的办法饲养纯种梅山猪，但没有系统性地保护这一本土物种。到了80年代，进入市场经济体制的养猪户们颇有先见之明，开始寻求产量更高、肉质更多、生长周期更快的猪种。白猪就是这时候兴起的。作为传统品种的梅山猪在这个商业化热潮中被甩在了后面，逐渐失去优势，无人再识。

小唐估计，中国境内只剩下1000头梅山母猪。在这个得到了各级政府支持的配置了保育设施的地方，有200头纯种母猪及其他1800头猪，包括用于繁殖的纯种公猪；不符合某些指标或不具有典型的梅山猪遗传特征（软趴趴的大耳朵，幼崽时下弯、成年后变平的背部，脸部有很多褶皱，略带橙色的黑色被毛）的纯种母猪，可以卖给当地农民用于商业繁殖；还有梅山猪和杜洛克猪的杂交种，它们会作为肉猪被卖掉。这家农场被禁止从事任何商业活动，比如创建品牌、参与分销。如此说来，送我一只猪头不算违规。

吃完午餐，小唐穿上特殊的靴子和白大褂，带我们参观"梅山王"的宫殿，俗称猪圈。我们跟着他参观各种设施时，他还得回答我的一些蠢问题("肥猪会得糖尿病吗?"答案是:"会的。"),我在好多围栏前挪不动步,给小唐家的猪仔们拍照,忍不住用娃娃音和它们说几句宝宝们听得懂的话。

畜牧专业毕业的小唐向我们讲述了照料家畜的细枝末节,从要不要给猪仔剪牙(在中国要,在欧洲不需要)到为什么、如何使用抗生素(在 45~60 天大的时候尽量少用),一路说到如果我们要烤猪该怎么买猪,去哪些餐馆买肉(去他们独家认证的第三方经销商)。

在令人眩晕的幸福感中,下午的时光一眨眼就过去了,小唐对猪的世界尤其是梅山猪无所不知,俨如会行走的百科全书。令我们眩晕的不仅仅是他的专业知识,还有逛宠物动物园的那种兴奋劲儿。我亲眼见识了梅山猪。它们岂止是不丑,简直太可爱了,脸蛋皱巴巴的,超大的耳朵像蒲扇一样摇来摆去。

我不介意把它们的肚子当午餐吃,但那张脸,怎么吃得下去呢?

我把那只猪头放回了冰柜。

* * *

"再喝一杯,我就给你解酒药。"中国最大的驼奶集团创始人陈钢粮口齿不清地对我说道。我们身在新疆沙漠,却在享受一场鱼宴,鲜鱼都是从这儿的两个淡水湖里捕来的,据说那两个湖是远古时期的一匹天马的蹄印变成的。一盘盘淡水梭子鱼、油炸小银鱼和饺子（饺子皮是用碎鱼肉做的）早就被吃光了，现在，我们是在拼白酒。在这个尘土飞扬的小镇上，外面的天色仍然很亮，夏季的落日时间差不多是北京时间的晚上 11 点。

这家餐厅的外表像只水泥盒子，里面却很花哨，是这个北疆小镇里秘而不宣的娱乐场所，在这里，你听到的基本上是哈萨克语而非汉语，随处可见的都属于哈萨克族的游牧文化。

白酒真是难以下咽，但今晚已干掉了不知道多少杯，整个晚上都在被驼奶公主劝酒，被身着短袖礼服衬衫、梳着黑色偏分发型的高级经理敬酒，被负责管理牧民、皮肤黝黑的哈萨克人碰杯，香烟伴随崭新的友情而点燃，一切都在热烈的烟雾缭绕中进行，似乎都不过是铺垫，为的是眼前的这一杯。我和陈总都已一脸醉态，大概也兴奋得有失身份，就这样干了这杯酒。我等着救赎来临，其实我猜得到接下来会发生什么。

桌上出现了银色罐装的骆驼奶，"旺源"的商标以粗短有力的钢印字体横贯罐身。据说，骆驼奶可以抵消半瓶白酒带来的醉感，足以证明其营养丰富，没什么不能克服的，哪怕是喝完白酒后的神志恍惚。

陈总说，这种醒酒法非常有效，简直让旺源公司的销售人员变成了饮酒超人，所以，他不让他们把骆驼奶带去餐馆，以免酒量不好的人被灌酒。但我们今晚的饭局不受此禁令的影响。两箱驼奶已靠墙摆好。

我拉开银色易拉罐，喝了一大口。口感挺像牛奶的，但多了一丝动物的味道。并不令人讨厌。对酒精好像也没什么作用。

24小时前，我们在阿勒泰降落，这儿是中国西北边境与哈萨克斯坦、俄罗斯和蒙古接壤的小三角地带。在我们抵达的前一天，有个醉酒的司机开车冲出主干道，冲进了穿过小镇、流经我们酒店前的那条水流湍急且多石的小河。

驶入酒店时，那辆车仍然卡在岩石上，活脱脱一则形象的警告：该地区的饮酒文化危险系数较高，不管有没有用到骆驼奶的解酒奇效。

但我们抵达时看到的新闻并不是关于车祸救援或伤者的。那刚好是转场的时候。

转场，指的是数以万计的骆驼、牛、羊和马从海拔较低的春牧场转移到高山夏牧场的大规模迁移，是自古有之、浩浩荡荡的大事件。

这些天，酒店里挤满了穿着工作马甲的中年摄影师，他们付出了昂贵的代价来拍摄转场，视其为移动的旅游景点。

第二天，我们从阿勒泰出发，驱车两小时来到福海，一路经过松树林和绿色的田野，向南延伸数百公里的沙漠灌木丛，打破这一成不变的景致的只有两个淡水湖和黑山山脉。时间还充裕，我们就叫了出租车，让司机带我们绕着乌伦古湖看看。黑色路面的高速公路很平坦，我们遇到的第一次交通堵塞是一群骆驼造成的，它们在右车道上小跑，还有个穿着石灰绿毛衣的小男孩拼命地跟在它们后面跑。湖水的含盐量很高，我们下了车，在湖边干涸的盐床和湿漉漉的浅水塘边嘎吱嘎吱地走了一会儿，那些湿地像雪一样白，有些坚韧的小草钻出结晶的水面。

近年的大部分时间里，这个干旱的县区里最有价值的资源就是鱼，冰钓是人们非常喜欢的活动。"骆驼是运输工具，"陈总对我说，"可以带几吨货。"他估计，10年前，占地3万多平方公里的福海县内约有3000峰骆驼。哈萨克医药研究所所长哈伊拉特·哈利莫拉说，骆驼奶可以当药喝，也常给老人、孩子、病人和贵客喝，在哈萨克传统医药领域发挥了重要作用。（哈萨克医学有两大分支：一类医生专门处理骨折，除此之外的都交给另一类医生，他们认为除了骨折的所有病症都有传染性，可通过草药、树皮和骆驼奶等加以治疗。）之所以有这种医学传统，纯粹是因为骆驼奶很稀有，和普通奶牛的出奶量相比非常少，而且只在产后的头几个月才有。

为了亲眼看到这个稀罕的场面，我们一大早就出发了。驶过10多公里灌木丛生的沙漠后，一对蒙古包在一片尘烟中浮现出来，骆驼很活跃，踢起浮土，好像迫不及待地在等我们。这是金格斯·托汗和雇工们的春牧场营地，他雇用的帮工是一对夫妻，每天负责粗重的活计。

现在是初夏，骆驼们不太好看，厚厚的冬季驼毛正在褪去，掉得斑斑驳驳的，驼峰向一边倾斜，表明它们的脂肪储备已快消耗光了。骆驼弓起背，连声号叫，发出低沉而悲伤的呻吟；这是在胀奶。骆驼像绵羊一样聚在一起，男帮工拉着系在骆驼鼻子上的绳索，把一峰母骆驼拉出来，带到两根平行地插在黄土地里的金属杆边，那就是民间的挤奶车间，看上去更像是游乐场里的设备，而非工业化乳制品操作车间。接着，他开始用温水擦拭母骆驼的乳房。他的妻子身穿紫色天鹅绒连衣裙，裹着白头巾，把挤奶机推了过来，这台机器是旺源与当地一所大学合作设计的骆驼专用挤奶机。她装好吸盘，再按动开关。浓稠的白色驼奶流进了不锈钢容器，但时间不长。一头奶牛一天可能产出15升牛奶，而一峰母骆驼只能产出1升驼奶。帮工夫妻俩牵来骆驼，挤奶，如此重复，最后将鲜奶过滤到第二只容器里——这只容器会被送到旺源公司，经过称重、检查，并记入他们老板的户头。

我们在上海时确实琢磨过怎样给骆驼挤奶，现在眼见为实，好奇心得到满足。接着，我们让驼奶公主带我们去蒙古包。她叫巴哈尔古丽，这个名字的意思是"春花"，名如其人，在处处可见强壮、黝黑的女人的北疆，这位身材娇小、皮肤白皙的美女已成为家喻户晓的驼奶代言人，因为喝纯驼奶使她摆脱了消瘦综合征的困扰。今天她穿着芥末色的裤子和精致的上衣，出色地担当了东道主的角色，忙前忙后地为我们这些城里人安排茶点。在飞来的航班上，我们在机上杂志的旺源广告中就看到了她，页面上的她笑吟吟的，穿着鲜艳的哈萨克传统服装。

蒙古包上有灰尘，有白斑，用紧绷的绳索固定在地面上；里面却让人觉得华丽丽的，挂毯从上至下，简直如有100万种深红色。撑起穹顶的木骨也从上至下地对称分布。角落里立着一台发电机。

桌上摆着坚果、干果和各种骆驼奶——新鲜的咸味驼奶，干硬的咸味奶块，酸奶，鲜奶，发酵奶，奶片，圆满诠释了保存这种珍贵奶制品的所有传统方法。在旺源公司成立之前，只能用这些方法保存骆驼奶，只能保持几天新鲜。桌子的另一端立着一只真空瓶，里面装着我们刚刚看到的、尚有余温的驼奶。这种鲜奶是货真价实的哈萨克土特产，只会在当地亲朋好友间当作零食来享用。

有个男人也走进了我们这顶蒙古包，穿着漂亮的宽松裤、马球衫，戴着天鹅绒刺绣礼拜帽。雇工挤奶的时候，他一直站在外面监督，但他不是陪我们来的旺源公司的人。他太干净了，不像牧民，但很关注细节，又不像是个局外人。当他在正对门帘．抬高的座席边的主座落座时，我们才意识到这位就是老板：拥有骆驼的人。我们一边喝着用黄油和骆驼奶制成的咸味砖茶，一边得知他就是金格斯·托汗：不再是牧民，不再养绵羊，已是刚起步的骆驼奶企业家了。2011年旺源公司成立时，他卖掉了羊群，动用了积蓄，买了75峰骆驼，那时母骆驼还很便宜，生意做得风生水起。

我们看到的鲜驼奶由旺源的奶罐车在现场收集，这些奶罐车会在福海县工厂周围800多公里的区域里巡回往返，从各个大小挤奶场里收集驼奶，之后，再用旺源公司的专有工艺加以处理。这一步是两全其美的关键：骆驼奶仍是稀缺珍品，一如既往，但现在，我们能得到充沛的保鲜乳制品了。因为没有冷藏设备，传统牧民不得不喝鲜奶，或用土办法加以保存。正如陈总后来对我们说的，旺源的突破点在于一种酶反应过程，能使导致驼奶变质的未命名分子或蛋白质失效。在中东、非洲的所有骆驼奶生产国里面，只有中国人破解了这个难题。"奶罐上写的是'6个月内最佳'，"陈总对我们说，"只是为了安全起见。事实上，这种奶可以保质两年。"

旺源是福海县最大的企业，当地的骆驼牧民跟我们说，这是福海县几十年来发生过的最好的事。10年前，牧民们生活在贫困线以下，年收入在3000元人民币左右，还存在着较为严重的社会问题，比如，有喝醉的牧民冻死在寒冬。相比于其他政府项目，旺源公司对当地人均收入增长做出了最大贡献，现在，约有340个家庭在养骆驼，有些是用政府补贴买的骆驼，年收入是以前的10倍。"骆驼不像牛，"陈总说，"挤一下，一毛钱。"他模仿着给牛挤奶的动作，"拿骆驼来说，挤一下，一块钱。再挤一下，两块钱。"

我们在一家简陋的手抓饭店里解决了午餐，可以选米饭、阿勒泰羊肉饭，还可以加羊肉。买单的时候，女服务员只说了两个字——旺源,就怎么也不肯收我们的钱了。

我们和陈总围坐在一起,听他讲述这些年在印度、蒙古、中东和非洲的考察心得,他第一次领略到骆驼及其相关文化是在本世纪初去迪拜的时候。令他惊讶的是,骆驼产业里几乎只有肉类的市场,即便有别的品类,市场也非常小。多年研讨之后,他组织了一项研究,分析驼奶中的各种蛋白质成分,想找出一种特别适用于化妆品行业的蛋白质。但没有成功。

陈总的个头不高,只及大多数牧民的胸脯,但轮廓硬朗。之前,在中国东部沿海地区从事制造业的几十年经验培养了他的商业头脑,帮他最终找对了方向,来到福海,当地的哈萨克牧民已经养了少量的骆驼。将驼奶用于化妆品的努力失败后,他从身边这些珍视骆驼奶的药用价值的哈萨克人和蒙古人中收获了启迪,决定投入驼奶产业。但是,有些村庄之间相隔300多公里,收奶和运奶成了大问题。保持驼奶全程新鲜几乎是不可能的。正是这个难题促使他去开发特殊加工方式,正如他所说,这套系统能使鲜奶中引发腐败的分子失效,让它们能在货架上保持24个月的稳定,并且不会破坏骆驼奶里对人体有益的菌。2013年,双峰驼基因组测序团队在英国《自然》(*Nature*)杂志上发表了研究结果,陈总也是这个团队的一员。有些出版物里指出,骆驼奶能增加人体抗氧化酶的分泌,对食物过敏、1型糖尿病、乙型肝炎和其他自身免疫性疾病患者或有积极作用。在美国,自闭症儿童的父母会买骆驼奶,觉得这种奶对孩子有镇定作用。

我们见面时，陈总 62 岁，在纺织业界已颇有建树，完全可以功成身退，退休养老，但他却在离家 3000 多公里的福海，在我们喝完第一罐骆驼奶后询问我们肠胃是否适应（喝完的头两个小时里，肚子常会咕咕叫），一边解释骆驼奶的文化、经济和医学背景。他告诉我们，他们去掉了 70% 的"骆驼味"：根据他的计算，这样足以使驼奶更可口，又不至于让人分辨不出是牛奶还是驼奶。

第二天的晚宴安排在镇外一个牧民家的小院里，非常朴素。同样的干果和奶制品也已在我们抵达前摆上桌了，我看到旺源集团的高级经理在一旁的沙发上拆白酒的外包装。事到如今，陈总已不再坚持骆驼奶能解酒的浪漫说法，他俯身对我低声说道："我们要用良策。"他精心设计了一套敬酒流程，以他在牧民中一言九鼎的地位向他们一轮一轮地敬酒，直把他们喝得眼睛通红，人声鼎沸。我的酒局参谋坐在陈总的左手边，每次敬酒后都假装喝口茶，悄悄地把酒吐到茶里，终不至于醉。我都直接喝下肚了，并且尽量多吃菜。

烤全羊的精华部分被端上来后，零食就被撤下桌了。有个名叫吉格·呼尔梅特、又结实又欢乐的骆驼牧民已经替我们喝够了白酒，就由他负责给我们切肉。他从兜里拿出一把长刀，一边切分羊肉，一边用婚礼主持人的口吻说着漂亮话。"一只耳朵，给这边的美女，让她能更善于倾听、理解她的丈夫。上唇肉，给这边新来的歌者朋友，愿你吃了之后更善于讲述我们的故事。"就这样，羊肉被一块一块切好，你这才意识到羊头上竟有这么多种肉。我想，分给我的是脸颊肉。我不太清楚它能让我更擅长什么。

不过，到了这时候，这已经不重要了。夜色渐浓，骆驼奶也无法阻止天黑下来。但音乐有帮助。酷似琵琶的哈萨克冬不拉琴上场了，呼尔梅特把琴搭在丰满的肚子上，醉意消失了，一桌宾客都被那洪亮的嗓音迷住了，整间小屋和院落里都荡漾着民谣的歌声。唱到一半，他郑重其事地说了一番肺腑之言，他说将这首歌献给陈总，感谢这家企业提高了他的生活水平，还让他有幸加入今晚的盛宴。接着，他唱起哀伤的歌词，开始连续弹拨两根琴弦。那首老歌讲了一个悲伤的寓言：一头小骆驼走失在沙漠，远离家人，永远回不了家了。

一曲唱罢，客厅里爆发出热烈的掌声，呼尔梅特立即站起来，又给陈总满上一杯。夜晚就这样继续下去，越来越迷醉，终于到了该告辞的时候。呼尔梅特拽着我走出房舍，穿过院子，来到后院，一片漆黑之上却有成千上万颗星星闪耀，这种美景，只有在远离城市的地方才能看到。他给了我一个大大的熊抱，对着我的耳朵口齿不清地说了些什么。我俩共享了酒酣耳热的美妙一刻，之后，我们坐上回酒店的车离去，后备箱里还搁着骆驼奶。

* * *

我既是味精的支持者,也是味精的反对者。

长久以来,这种没有味道和气味的晶体在不同文化背景里的境遇之不同一直很让我着迷:在美国,味精饱受诟病,很多人说它会造成所谓的健康隐患,而在亚洲它却被无条件地接受。中国消费了全世界 55% 的味精,但在这里压根儿没有"中餐馆综合征"这码事儿。也没有巴西餐馆综合征、泰国餐馆综合征、印度尼西亚餐馆综合征或西非餐馆综合征——这些餐馆都是味精的主要消费者。如果我和别的消费者、别的厨师有反对味精的理由,那只能说因为味精好比捷径,可以让厨师在食材品质上偷工减料,反正再用味精提味就行了。

事实上,这正是味精存在的理由。鲜味是日本科学家池田菊苗 1907 年发现的,当时,他正试图解决日本人营养标准不够完善的问题,此前多年他一直在寻找"能使寡淡的营养食品变得美味可口的平价调味品"。

看似小发现,却是大成功。只须随手在淘宝网上搜索一下就能发现有 31 种不同类型的味精,从牛肉味到清真味不一而足——2001 年,印度尼西亚爆发了大丑闻,当地制造商在生产过程中使用了猪肉酶,清真味精就是在这场轩然大波之后被发明出来的。

对亚洲以外的许多人来说,味精至今仍像是一种邪恶的调味品，哪怕其社会根源具有进步性。但是，味精根本没什么邪恶之处。它是由一种淀粉生发而来的：根据价格和地理条件，可能源于甜菜、小麦、甘蔗、玉米或木薯。然后引入细菌，细菌消耗淀粉并释放出谷氨酸。然后杀菌，谷氨酸被留下来，再被分离、纯化、干燥、结晶，最后按颗粒大小进行分类。世界上95%的味精都是在中国制造的，因为原料和劳动力都比较便宜。

我想亲眼看看这个生产过程，便开始搜寻可以参观的地方。我很快就发现了，上海没有生产味精的地方，或者说，味精工厂通常都不会设在任何中心城区。个中原因大都与生产过程有关：需要靠近淀粉源，需要大量的水，以及具有排放废水的能力（属于高度污染产业），还要有廉价的电力，这些条件上海都满足不了。在中国，生产1磅味精需要大约2.5磅煤和2.5磅玉米。世界上最大的味精公司——梅花生物集团——设在河北省的一个工业城市。

所以，我最终在一个冬日清早来到了位于上海郊区、由雀巢联合投资3.2亿元建成的太太乐鸡精工厂。官网展示了一些幸福家庭来参观的场景，如爷爷蹲下身子，指给宝贝孙女看科学又卫生的流水线。

迎接我们的是一位活泼的导览员，在其指引下，我们先去了"全球唯一"鲜味博物馆。鲜味对应的日文就是"味之素"（umami），即俗称的第五种味道。科学家们在20世纪初在我们的舌头上发现了鲜味受体，证实了鲜味的存在，也证明了我们因由进化而能体验到这种味道。（只有一种哺乳动物不能品尝到鲜味——大熊猫，这大概是食物界最大的讽刺之一。）

立体模型和简单的动画展示了鲜味产业发展的5个阶段，比如：远古人煮汤，佛跳墙的典故，20世纪20年代中国味精产业之父在上海的场景。

中国味精产业（包括鸡精在内的所有衍生品）之父是吴蕴初。20世纪初，日本味精公司味之素已进入中国市场。但受日益矛盾的地缘政治影响，抵制日货的情况越来越普遍。在这种背景下，身为化学家的吴蕴初对"味之素"——新生的白色结晶调味品——进行了逆向研究。

在另一位资深的酱业大王张逸云的帮助下，吴蕴初在现在的新天地附近租下场地，成立了中国第一家味精公司——天厨味精厂。他们的味精品牌叫作"佛手"，包装用了蓝色和金色，也就是天堂和神仙的颜色。一如"味之素"在包装上突显池田的名字，天厨公司也打出了吴蕴初的名号。意图一目了然：这是国产货，尽可放心购买，再也不用支持越来越有侵略性的日货了。

看动画片的时候，导览员让我们听了一首3分钟的说唱歌曲——主题是味精，歌词是公司CEO写的，边听边走过一间有几十台显示器、令人印象深刻的监控室，以及备有一尘不染的测试设备的实验室。

下载了专用软件的iPad屏幕上显示出一口炒锅和一个虚拟

厨房，里面放好了太太乐旗下的调味品。你可以把不同产品和调料拖进锅里，摇一摇，就做好了一道虚拟的菜，会得到一个分数。我们的导览员得了零分。

"我不会做饭。"她不好意思地承认。

下一站是礼品店。每个货架上都有一种味精产品。

从这儿开始，博物馆之游进入户外区域，我们向一尊几米高的金色鸡精罐子雕像略表敬意，那是为了纪念太太乐鸡精在某一天达到某个生产目标而建的。盯着那座雕像，我一时间猛然意识到几个细节：公司的中文名字意为"快乐的家庭主妇"；出现在他们所有营销材料中的卡通鸡都没露腿，也没有喙，虽有胸部，但不是鸡胸的样子。

那天很冷，天色灰暗。我们走过室外停车场去下一站时，和导览员闲聊起来："所以，你们员工每年能得到多少免费的味精？""很多。吃不完。"——聊着聊着，她突然被一个穿着商务休闲裤和短袖衬衫、拎着非常普通的公文包的男人吸引了。他正从我们前面几米远的地方走过去。她压低了声音对我们说："他来了！"

"就是他！"她悄悄地说道，"创始人！"

我让她去追他。这就好比让她徒手擒狼。但值得称道的是，她真的跑上去追他了，高跟鞋一瘸一拐地嗒嗒咚咚，他也真的转过身来了，带着惊吓和关切的表情。我努力回忆他的名字。我们就这样闯到他面前，把他吓到了——毕竟他是个身家数亿的大人物，我做自我介绍也无济于事。

"荣先生？荣先生？我正在了解鸡精行业，我只想说你真了不起。我们能不能拍张合影？"

一小时前，我还从未听说过荣耀中，但现在，站在他上百亩的工厂外，我变成追星族了。

荣耀中之于鸡精，就像池田菊苗之于味之素，都是教父级人物。他是太太乐的创始人。和池田乃至更早之前创建雀巢公司的亨利·内斯特尔（Henri Nestle）一样，荣耀中是一位具有社会责任感的营养学家。据一份商业报道所说，他年轻时在一家政府机构担任技术专家，1984年被派往河南帮助某县城科技扶贫，那儿有很多鸡，但没有钱。由于缺乏基础设施，当地农民没办法把鸡送去市场，也没办法加工，所以只有活鸡，但赚不到钱。荣耀中就萌生了突破性的创想：做鸡粉。如果他能把这些零乱养殖的活鸡加工成易于运输和保质的鸡精，就能让农民脱贫。

不知道出于什么原因，这个想法没能在河南落地。但第二年在四川实现了，那也是一个活鸡多、现金少的县城，荣耀中证明了自己的创想是可行的。同样，一如池田和亨利，他决定用商业模式推进这种做法，不再局限于政府机构科技人员的身份，于是，1988年，他在上海创建了太太乐公司，开创了全国第一条鸡精生产线。1996年，他将80%的公司股份卖给了雀巢公司。（后来，他将剩余的20%股份也卖给了雀巢。）很难估算他有多少财富。更难理解的是,为什么他会像个中层管理人员那样走过停车场,穿着商务休闲装,没有任何安保措施。

然而,在那个寒风凛冽的日子里,荣先生大度地回答了我们简单的问题。

他告诉我们,网上的谣言使一些年轻人又有了味精恐慌,担心对健康有影响,但老一辈人更清楚,因为他们已经吃了很多年了。他还提到,在创建太太乐的那段时间里,他们曾与哈尔滨某大学合作,进行了数百次案例研究,他们一次给实验老鼠投喂了200~300克味精,没发现有什么负面影响。而普通人一般一次只吃1克。

谈到饮食文化,荣先生还引用了孔夫子的名言:"早在两三千年前,中国传统文化就主张'食不厌精,脍不厌细'。贵族们总想让自己显得卓尔不群,所以,说到美食的时候,他们想要的不仅仅是4种味道(酸、甜、苦、咸),还一直在寻找第五种味道。那就是鲜。"

荣先生所言极是,要说有什么可以反驳的,我只能说,根本不必追溯到那么古远的历史。诸如西红柿、帕尔马干酪这样的食材本身的谷氨酸钠——也就是晶体状的味精成分——含量就很高;而且,现已证明了母乳和许多基本食材中都含有谷氨酸钠。自人类诞生以来,无论贫贱富贵,我们所有人都一直在吃味精。对谷氨酸钠的渴求可以说是人类的基本需求。

恐慌不够健康、会引起头疼、饭后感觉不适……对味精、鸡精的指责不一而足。我最喜欢的是中国互联网上的一个谣言，说味精和啤酒共同作用就会产生催情的效力。（下次看到一群醉汉在烧烤店抱作一团时，你可能会想起这个梗。）

与荣先生短暂的偶遇之后，我们去参观生产线。我一路走一路开玩笑地说，我倒是很希望看到鲁布·戈德堡（Rube Goldberg）之类的机器：几十米长、剧烈摇晃的巨大金属管道，俨如工业巨兽，活鸡从这头走进去，鸡粉从那头冒出来。

我的想象不算太离谱。

参观很轻松，安排的方式明显带有营销意味，海报上是快乐、年轻的中产阶级女性，墙上贴着"鲜就是美""鲜味就是家的感觉""鲜味时尚"这类广告语，时不时会有一个窗口，可以看到里面的工厂。走进去之前，我们要先通过一个强大的气闸，通知我们即将踏上"鲜味之旅"。好的！

最先出现的是最叹为观止的部分：鲜鸡蒸煮室。参观工厂之前，我从没想过制作鸡精会用到真正的鸡。毕竟，根本就没有可口可乐树嘛（但我知道有可乐果），为什么要动用真的动物呢？但事实上，太太乐公司每天都要处理3万只鸡，每年用超过900万只鸡，这数量太惊人了。900万只鸡！而且，在他们说来，这还只是个"小"工厂。透明窗口的另一边是黄绿色的无菌操作间，一边的托盘上摆放着大约几千只鸡，应该只是当天总量的一小部分，一个工人正忙着擦洗。房间的另一边立着巨大的不锈钢门，里面就是蒸煮柜。

第二站正是我期待的。一台巨大的机器剧烈震动着，连地板都跟着微微震颤。我们能看到机器上方的整只熟鸡（去掉了头和脚）即将面对它们的终极命运：被碾压成金黄色的颗粒。这中间发生的事，我们是看不到的，也不是我们能去想象的——无关宏旨。

虽然我们不能凑近了观看，但导览员带领我们穿过一个房间，让我们进一步了解了鸡精的成分，除了整只蒸鸡（连骨磨碎），还有葱、鸡蛋、大蒜、盐、5′-核糖核苷酸二钠、糖、味精。

参观的最后一站是包装生产线，一路看到这里，我的兴奋已达峰值。我为上亿只在这座建筑里失去生命的鸡做了一番小小的祈祷，再走出门去，回到寒冷的冬日，口袋里揣着一袋鸡精。

Chapter
06

第六章

是的，我们从来不谈这个

在那些不是我们土生土长的异国他乡，死亡似乎是隐匿不见的。

是女按摩师发现了他。他是个大块头，个子不高但虎背熊腰。身为厨师，他在上海工作，烹饪食物很拿手，但做生意的本事略逊一筹。他的餐厅开在外滩附近的高档地段，餐厅要运营，收支要平衡，这些琐事让他忙得焦头烂额。他在上海和亚洲各地度过了青少年时期，之后去纽约住了好些年，在那儿的几家高档餐厅里精进厨艺，2010年世博会前后，他回到了上海。他回来的第一个月，我们就认识了，当时他还是个满腔热望、野心勃勃的人。一晃10多年，我们已交情不浅。

他去北京是为了赚钱，给人当顾问。忙了一整天后，为了能睡个好觉，他去做足部按摩。才按到一半，他就睡着了，睡得很沉，鼾声大作，按摩师任由他睡。当时已过午夜，他需要休息。快天亮的时候，有个按摩师回房间去叫醒他，却发现他血流满脸——下半张脸，我猜想，血还流到了他的胸腔，像是流了很多鼻血。他一动不动。他们认定他有动脉瘤，脑血管爆了。他在睡梦中死去。追思会是在他的餐厅里举行的,大家都喝多了,他的母亲站在一众朋友面前,他的父亲站在她身边,但因之前有过一次中风,他已无法说话。他的母亲劝我们别太辛苦,她说他就是过劳死的。他——我们的朋友,她的儿子——才41岁。

我在追思会上见到了K。她读过我的文章,知道我这个人,但我们从未见过面。她是个漂亮的亚裔外国人,一缕一缕的头发染成了金色。等待丧主发言时,我们靠在酒台边闲聊了一会儿,聊的都是这位共同的朋友的往事。我们很快就成了朋友,多半在微信上或在咖啡馆里聊天。当时,K在应对抑郁症的困扰,肇因可追溯到她小时候目睹的一次家庭暴力致死事件。我也有很长的抑郁史。我们有共同话题。后来,她突然消失了,从本来每天发几十条信息变成了音信杳无。我知道她状况不好,但没有意识到不好到什么程度。

3个星期后,她终于现身,为她的沉默道歉,也道出了原委。在最压抑的情绪里,在最阴沉的绝望中,她走进自己的衣橱,将一个绳套垂在搁板下,缠到自己的脖子上,然后跪低。慢慢窒息,氧气渐渐抽离她的身体。她觉得自己像是在溺水,沉入一个温暖的怀抱。急切渴望氧气的皮下毛细血管爆裂,在她的脸上、脖颈上爆出了数百个小红点。

刚巧,帮她打扫房间的阿姨那周提早了一天来工作,发现奄奄一息的K倒在衣橱里。阿姨把她拖出来,抱住她,把她搬到床上。K并不高兴。她对我说，溺水的感觉一度是愉悦的。痛楚在慢慢消失。又过了一星期，我约她吃午餐，她皮肤上的红点已在消退。那是初冬时节。她拉下围巾让我看。脖子上的绳索勒痕和淤青依然清晰可见，那是限时有效的证据，证实她曾想让自己永远消失。

* * *

社会学家说人生有3件大事：出生、结婚和死亡。生活在上海的外籍人士没少生娃。结婚的次数相对少了一些。但我们不会死。我的意思是，我们当然会死——这是一切生命不可避免的宿命——但在上海，在中国，在那些不是我们土生土长的异国他乡，死亡似乎是隐匿不见的。

我们很年轻，来这里是为了冒险或工作，远离故土老家和年迈的双亲。假如我们没有和中国公民结婚，签证法就会在我们65岁时把我们踢出去，反正老年人通常都选择叶落归根，回国退休。而我们是不老不少的中间代，没什么责任感，除非——假设——我们建立了自己的小家庭，我们更关心生活质量，更愿意接受新鲜事物的挑战，诸如孩子、生意、阅历之类。

几乎没什么事能让我们直面死亡，一旦发生——譬如某位亲属身故，或面临严峻的医疗问题——我们就会消失，哪儿来的回哪儿去，回到家人身边，或住到适宜的（常常也是免费的）

医疗机构附近，总之是回到我们生来就懂的体制里去。那是异国生活的一次暂停，为了处理某个"现实的"状况，你在外籍人士的社交活动中就看不到我们了，不过通常也没人在意。

葬礼几乎是闻所未闻的事。人类有一种深层的本能，会把我们拽回生养我们的国土，或许还包括我们的大家庭所生活的地方，我们的祖先被安葬的地方。千山万水走过，说到底，我们都想回家。我们没有选择。自2008年以来，外国居民就不能在中国的墓地下葬了，只有极少数例外，而这些例外必须通过市政府的审批。

就这样凭空消失了。老外死了，或是死神之手穿透家庭关系触及他们时，人就消失了，谁也搞不清楚那个人究竟遭遇了什么事。她就这样搬走了，什么都没交代？这种事时有发生。他是打算不跟任何人说就离开中国吗？说不说都一样。外籍人士都有"暂居此地"的心态，这只是一种表现而已。只有人在这里的时候，你才算是你。离开就是一次小死。死亡就是最终的离开。

这种没有死亡的情况对我们有何影响？有没有在外籍人士的思维方式中滋生了一种自视无敌的力量，一种导致傲慢的幻觉？在侨居地，我们永远年轻，总在进行不计后果的冒险，逃脱家庭责任和终极任务：人生的终点。哪怕对那些有家有口、要付孩子学校账单的人来说——那些背负重大责任的人——死亡也不在讨论范围内。如果说死亡在正常社会里就够让人惊讶了，那么，在外籍人士的世界里就意味着加倍的震惊。死亡不会发生在我们身上，所以，每当有人死去，我们都异乎寻常地惊讶。而且，几乎没见过讣告。

* * *

几年前，一连发生过好几起跳楼自杀事件。先是在昔日法租界，安福路，家有两女的48岁母亲从豪华公寓楼的10层跳下来，还砸到一名保安，致其重伤。之后又发生了一起坠楼事件，而且在同一栋楼里。一年后，又有一位母亲留下两个儿子，从浦东的豪华公寓跳下来，她在一周前参加了一次烧烤聚会，席间闲聊的话题之一就是自杀。这次事件登上了国际新闻版面，报道说这位44岁的女性留下了一张纸条，写下了手机密码，她的丈夫在手机里发现了一封电子邮件的草稿，她在信中解释了迫使自己爬过38层楼的阳台玻璃栏杆的"无法解决"的状况。

自杀事件频发，这是一家国际遗体遣返公司的创始人在9月份告诉我的。维尔弗里德·维尔布鲁根的公司名叫"罗斯泽特"，平均每年会处理120～140桩委托案，负责与国内殡仪馆、大使馆、公安局、航空公司和货运代理打交道，把在中国死亡的外国人的防腐尸体或骨灰运回死者的祖国。（这家公司经手的遗体遣返目的地已达80多个国家，但绝大多数是送返德国、美国和英国。）维尔布鲁根说，以前一整年的委托案中会有一两桩是自杀的死者。但在2021年竟有十分之三的死者是自杀身亡的，大多数是20多岁、30岁出头的外教。他没有推测原因。

维尔布鲁根年过七旬，比利时人，太太是中国人，基本上算退休了，不再做具体的事务。之前的将近30年里，他一直在布鲁塞尔从事物流，为各类公司处理货运事务。但物流生意涉猎很广，术业有专攻，他需要找个专攻的领域。有一次，他雇用了一名与当地殡仪馆有关系的员工，当即找到了商机：将比利时老人的遗体从西班牙和加那利群岛运回国内（他称之为"进口"），并组织遣返在比利时死亡的北非和土耳其人的遗体（"出口"）。

卖掉公司后，他在90年代末来到中国，开了一家帮助中国学生去海外留学的公司，但SARS把这门生意毁了。就在那时候，有个比利时公民在中国去世，他以前在布鲁塞尔的同事要找人帮忙把遗体运出北京，运回欧洲。大型运输公司要价25,000美元。维尔布鲁根能不能用更少的花费完成此事？他去北京最大的殡仪馆了解了一下，确定他可以办到。2007年，他成立了罗斯泽特公司，5名员工，每年处理100多个委托案。维尔布鲁根算过，仅从2015年起，罗斯泽特公司就处理了800多名在华外籍人士的身后事，还编了一份季刊（《人类遗体遣返指南》），文章标题诸如"市场的空白：宠物殡葬""中国开发超低温保存技术，但尚有疑虑"。

"在中国，死在上海是最好的。"维尔布鲁根用低沉的男中音确切地说道。在中国，丧葬是高度管制的行业，有固定的服务价格——但外国人无法享受。据《中国日报》（*China Daily*）报道，2015年，中国公民遗体防腐的官方价格是300元，但外国人要支付的均价是8000元。遗体存放的官方价是每小时三四元，但如果是外国人，每小时可达20元。正常情况下，标准的遣返委托——包括防腐和机票——的花费高达10万元人民币。他说，在新冠疫情时期，费用可能是这个数额的3倍之高。罗斯泽特收取的中介费是固定的，在1200～1500美元之间。

罗斯泽特公司不会承接殡仪馆的业务，比如防腐或火化；罗斯泽特公司只处理文书手续——将遗体从死亡地点（他们处理的遗体十有八九不是死在医院里的）运回家属指定的地点的整个过程中涉及的所有文书。他告诉我，这里有一种重要的文化差异。中国人死在国外时，家人几乎总会选择出国，护送遗体回家。但外国人死在中国后，家属几乎都不会来。

在中国境内处理过这么多的后事后，维尔布鲁根认识到，只有上海这座城市能满足对质量和价值的要求，尤其就防腐的专业性、棺椁的工艺而言。在其他城市或省份，所谓的棺材可能就是一只内里空空的运输箱，根本不具备货真价实、有金属内衬的棺材的功能性。

* * *

我不相信有鬼，但死神在我头脑里的上海地图上留下了印记。每次走过安福路时，我都会扫一眼沿街的阳台，也不会再坐在亦园——那栋可怕的高楼——外面的街边了。这些年来，每次走过衡山路与乌鲁木齐南路的交叉口时，我都会念一小段祷词：曾有个欧洲男人骑小摩托时被撞死在这里，留下妻子和3个孩子。

每次经过我家旁边的大商场时，我都会忍不住想起那个年轻的俄罗斯人，26岁，他的狗为了追一只球跑进水坑，水里淹了一根劣质的电线，狗被电死了，他想救他的狗，结果也触电身亡。我曾经工作过的浦东香格里拉大酒店里有一家时髦的酒吧，就在我们厨房隔壁，我在那儿度过了很多夜晚，但在DJ猝死后，我再也没去过。大家猜测他是吸可卡因过量，要不然，还不到30岁、对夜生活充满热情的年轻人怎么会突发心脏病？

我的公寓对面有一家精酿啤酒吧，老板是得克萨斯人，有天清晨，路人发现他倒在地板上，已经死了，而他的妻子和两岁的女儿还在家里睡觉。"心梗。"他的生意伙伴这样说，但私下里想的是：大概只是因为酗酒吧。

事实上，没人知道原因。每年有1500名外国人在中国死亡，尸检并不在标准程序内，死亡证明上通常注明死因为"猝死"。家人想要回遗体，但不想经历这些事带来的创伤；最重要的事实莫过于他们的亲人已经死了。

***

"我愿意把他的死想成意外。"那家餐馆的瑞士籍老板前不久这样对我说,当时我们谈到了2015年他的餐馆主厨突然去世的事。"是的,他以前的情况是有点复杂——吸毒、进监狱——但他对我说过,'烹饪拯救了我',他的生活已经扳回正轨了。"餐馆老板这样说。

那位主厨名叫M,来自哥本哈根,来中国前曾在全球评分最高的某家餐厅里干了几年。32岁的M仍是一副大男孩的模样,有传言说他复吸了,当然,压力也确实很大。

另一家餐厅的老板一直软硬兼施,催促他离开瑞士老板,到他的餐厅里去做事,这也给M带去很大的压力。M刚到上海只有9个月,不想这么做,但又觉得左右为难。除了体重下降,失眠也让他叫苦不迭。后来,有一天,他的女朋友去上班后,他吞下了一整瓶安眠药,用酒送下肚的。当她回家发现他时,人已经没了。

"我不知道发生了什么事,我也听到了关于吸毒的传言。"餐馆老板对我说,"但我想去相信:他只是想睡觉。那天他休息,他平常都是白天睡觉的。"

讣告上说他死于心脏病发作——没人愿意公开揣测M吞药的意图。

但媒体紧跟着发出报道,把话说死了:"厨房要人命!"欧洲的小报打出耸人听闻的标题，因为 M 的前老板，亦即全世界最知名的大厨之一，在社交媒体上写了一段缅怀 M 的文字。

小报还写道："死于压力过大。"故意从"邪恶的中国"和"英勇的欧洲年轻厨师"的角度加以曲解的夸张。

记者们半夜三更拨通这位瑞士老板的电话，追问什么样的老板会让员工干到过劳死。他从未提及安眠药和酒精，也没说 M 是在休假日去世的。

* * *

维尔布鲁根认为，就死亡这件事而言，外籍人士圈子里基本没什么忌讳，尤其是相对于中国社会谈死色变的传统而言。把一口棺椁搬上飞机要动用 50 多个工人，他要给所有人发红包，这已成惯例，那些在死亡事件现场处理公务的工作人员就更不用说了，他们都认为红包算是某种"风险津贴"。他付给自家公司员工的薪水是普通物流公司平均工资的两倍，以此弥补和奖励他们克服了从事丧葬事务所带来的污名。

* * *

我那位当厨师的好朋友在生命终结时经历了什么，这个问题没有确切的答案。他的家人不希望外人知道他们的儿子——

在美食界赫赫有名的达人——凌晨3点死于按摩院，他们担心这会玷污他的名声。有些人会问，他们就说是酒店的客房清洁人员当天早上进去打扫房间时发现了他，这种说法只是为了要面子。

他去世后，他母亲去北京认领遗体，办理手续，再带着遗体驱车返回上海。（在别的国家，棺椁可以作为货物使用商业航班，这是众所周知的秘密，虽说被称作"货物"是有点反人性的。在中国，只有一条航线——从成都飞往北京——获准承运人类遗体。除此之外的所有遗体都必须走公路运输。）

他算不上我最亲密的朋友。许多人比我更痛惜他的离去，尤其是他的亲人们。我们不是每天都交谈的密友，在他经营的最后一家餐馆——现在仍在营业——我只吃过几次。但我们相识已久，多年前的我们都是初来乍到，一切都刚刚起步。他开了一家又一家餐厅（也关了一家又一家，他做生意真的不太行，还是做美食有天分），而我走上了写作的道路。我们一直保持联系，讲讲各自行业里的八卦或是牛肉熟成之类的新鲜厨艺。对于推广中国食材和厨师人才，我们都有满腔热情，而且，我们互相尊重。

* * *

纳特下午打来电话是很不寻常的事。我们一天到晚都在微信上聊天，但很少打电话。

"你听说了吗？"他问我，"我怕是听到了一些非常糟糕的消息。"

那一天过得非常混乱，大家都试图去确认、去了解更详细的真相，但当时谁也确认不了任何事。我不知道该怎么做。他的餐厅当天照旧营业，提供晚餐。我买了一束白花，从原法租界的公寓走了5公里，走到他在外滩的餐厅。我需要时间思考，去接受这件事，一步一步来。从生者的世界到死者的世界，乘地铁或出租车去好像太快了。我需要慢慢来。

当时的女朋友陪我一起走，默默地走。我们身边的人，街上的路人们，能感觉到有什么不对劲吗？他们看不到我背包里露出的白花吗？他们怎么能如此无动于衷呢？

我们到了餐厅，坐在吧台。餐厅经理把花放到旁边去，为我们上酒。从我们的座位直视前方就能看到开放式的厨房，任何一天的晚上，那位厨师都会站在厨房里，照例说今天也该如此。正在用餐的顾客们毫不知情。我安安静静地吃了个汉堡——他最喜欢的那一款——吃完就走了。

再过一星期，他的母亲就将站在餐厅门口，望着纪念他的幻灯片，身边围绕着他的朋友们、同事们。他小时候的照片、十几岁的照片、成为年轻厨师后的照片……在屏幕上一一闪现。我心想，这样的展示不是更适合生日或婚礼吗？他没结婚，也没孩子。照片展示完了，她对我们说，她决不能让自己当场哭泣，讲到他这一生时还要开开玩笑，以免让我们心里有负担，因为我们都呆呆地盯着自己的酒杯看。

他们为他操办了一场体面的葬礼，但我知道自己承受不了，没法去。他的体形太大，我听说，棺材适合比他轻一半的人用，他们只能把他紧紧地塞进去。我不能让那场景成为我对他的最后的印象——嘴唇被缝起来，眼皮被粘住。

那就这样吧。就当他还在。仲夏时节，我会随便叫几个朋友去吃新疆羊肉串。那个老板做得风生水起，让很多厨师津津乐道，哪怕只是个路边摊，没有固定的地址，也没有固定的桌位。我很想让他也来看看、尝尝。

他会穿着深蓝色马球衫和短裤来，扣子敞开，露出胸膛；他会穿跑鞋来，不穿袜子，也不系鞋带。他会从自家餐厅直接过来，为了和我们碰头，稍微提早一点下班。端上桌的是摞成堆的长长的烤肉扦，间或还有长条形的烤羊肉，肥肥的羊皮烤得脆脆的。有几个人会去街角的便利店买啤酒或汽水来喝，都是温吞的，一点儿都不冰。烤肉串不如往常的好吃，这几个临时凑起来的朋友还没打成一片，闲聊还有点尬。

但他不会介意的。他会和每个人聊天，恰到好处地夸一夸烤肉串，慢慢地喝啤酒，跟我们讲讲他在厨房里的这一晚。朋友们会问一些关于美食的问题，他的回答都会很直接，但很周到。就是一个普通的夜晚，工作日的深夜街头聚餐，除了留在记忆里，并没什么特别值得回忆的。第二天我们都要上班，本该早点睡，却吃到很晚才散。

我们会沿街走到十字路口，在南浦大桥蓝色的霓虹灯下各自拦车回家。他叫的出租车最先到。我们不会有任何多余的想法，他会转过身来，挥手告别。

再给我一些时间

签证官先生，我请求您再给我一些时间。我才刚刚开始啊。

我们正在消散。可能在昔日法租界的街道、餐馆里看起来还不是很明显，但上海的外国人群体正在缩水。官方数据显示，2010年的外籍人士有20多万人，2019年已降到15万以下。到了2020年，政府甚至没有公布数据，但我们心里有数——来自天南海北但都选择把中国当家园的我们。这个官方数据是在疫情暴发前统计的，可想而知，数据只会偏高，绝不会偏低。疫情第一年，我在一家英文媒体供职，其网站流量——我们的网站访问者大概率都是外国人——直降一半。在这个人口众多的大都市里，我们始终是小众，从没占到过总人数的1%，但现在的比例甚至越来越低了。我们正在消失。

以前，有些餐厅一眼望去尽是韩国人、日本人、欧洲人、美国人的面孔，如今，为了让中国本地顾客更满意，餐厅都在进行调整。那些曾让来自亚洲和世界各地、渴望学会普通话的留学生心满意足的中国大学现在都没动静了。听相熟的房产中介说，因为很多中国海外留学生都在新冠疫情期间回了国，市中心的公寓租价被抬高了不少。北京的情况甚至更糟，这10年里，官方公布的外籍人士数量下降了40%，现在只有不到65,000人。

而且，我发现自己开始越来越频繁地去想：在中国住了快20年，我是不是也该走了？我曾自不量力地攀比祖辈——作为传教士，他们在北京工作了50多年，我琢磨着，如果他们能在帝制崩塌的乱世中得以幸存，那么在21世纪的上海、在外卖和手机购物的宠溺中，我怎么着都能撑下去吧！从我2005年第一次踏足上海到今天，这个城市已经发生了巨变，我认为，大部分变化都属于进步。

生活更舒适了，街道更干净了，服务更好了，火车更快了。我试着不用多愁善感的姿态回首往事，不用怀旧的心态去看待不久以前的时光，而是着眼未来，关注本城大部分人的生活是如何被改善的。政府翻新了附近旧巷弄里的老房子，眼下还在为老龄住户加装电梯，我把这一切看在眼里。我也很开心地看到朋友们用手机应用程序就能预约华山医院的专家门诊，还能像叫外卖一样下订单，让他们照着中医处方煎煮中药，并直送到家——仅在几年前，这套流程至少需要几小时。不管在哪个层面，我都看到了进步。

但是，读到的新闻又让我有点怕。我关注的多半和文化有关，而对我们中的大部分人来说，迫使我们离开中国的实际问题更让人忧虑。我身边有很多同龄人，他们面临的最严峻的问题就是孩子如何就学。他们压根儿没多少选择：要么让孩子读免费的中国学校，可以迅速提高语言能力，但对孩子来说很辛苦；要么就送去西式教学的国际学校，这更符合西方父母的价值观，但是费用很高。(国际学校一年的单人学费就可能超过25万人民币。)这笔账谁都会算，而且，往往算一算就回老家了，因为他们只要回到祖国，就能享受免费的或接近免费的西式教育。

许多人都很疲惫。还有一部分原因在于，疫情期间，大家都想回到真正的"家"，回到亲朋好友中间，而开启旅程、离开祖国、移居中国的人越来越少了。

* * *

说到底，中国为什么需要外国人呢？

为了两个人类的每一次相视一笑，为了在拥挤的地铁里共享的每一分钟，为了工作中每一段无聊的对话，为了在银行排队时苦苦等待的分分秒秒，为了私密空间里的每一个吻，为了和同事共享的每一顿饭，为了握住或牵住的每一只手，为了每一个大喊"老外！"的小屁孩，为了在外滩、在西岸的每一次散步，为了办公室里集体忍受的每一次悲惨遭遇，为了出租车和网约车里的每一次闲聊，为了和理发师的每一次失败的沟通，为了在餐厅里得到的每一次惊喜，为了每一次得到邀请去别人家做客，为了在公众场合落下的每一滴热泪，为了每一次意料之外的医院之行，为了每一次无声胜有声的交流，为了每一段友谊的开始，为了坐火车时挤在陌生人当中，为了每一次好奇心爆发……

为了一切能向你证明"我是人"的事物——哪怕我说不好你的母语，甚或根本不会发音；哪怕我和你看起来挺像的，或者从头到脚都不像；哪怕我和你的行为举止无有差别，或者大相径庭。

我们身处这样一个时代：缺失信任，觊觎控制，分歧巨大，民族主义深化，无知者无端自傲。

但是，老百姓呢？我们都是老百姓。我们都是人，有同样的渴望和需求，同样的胜利和失败，同样的脆弱和力量，都被老板们折磨得抬不起头来，也都需要被爱。我们长相不同，语言不同，某些对我们来说最寻常不过的事情在别人看来很奇怪，反之亦然，对别人来说天经地义的习惯却会让我们百思不得其解。

我们易于把自己不了解的、从未见过的人妖魔化。我们很容易依赖刻板印象，越无知越舒坦，愚人傻乐。以偏概全是再容易不过的事。

但是，恰恰是局内人和局外人之间的这类日常互动才重要。这些互动不需要发生在某个"外国专家"及其技术同行之间。陌生人之间的一个微笑就足够了；能闲聊几句甚至更好；友谊就是可喜可贺的大成就。

不管对局内人还是局外人，这一点都成立。每个外国人，甚至每个来过中国、对中国有所了解的游客，都会在回家后变成非正式外交官。他们会向别人介绍这个国家，描述现代化的城市和高铁、不可思议的食物、干净的街道以及任何令他们难忘的细节，就这样，他们在自己的小圈子里普及了活生生的中国形象。"中国"不再让人感觉太抽象，不只是一个概念，而是他们亲身经历过的地方，甚或是生活过、爱过的地方。

要是没有外国人，中国就会失去这些日常生活里的外交官，成千上万的外交官，他们把亲身感受传播到世界各地，有助于创建更亲善的中国形象、21世纪中国人的形象。

而且，就算在华外籍人士不会像外交官那样一天到晚自豪地为祖国代言，至少也能代言普适的人性。我们会做傻事，在街角被绊倒，在公共场合发火或哭泣，在餐厅里说话太大声，点了太多食物，根本吃不完，笑得不合时宜，在工作中受挫。我们根本不算特殊，和旁人毫无二致，哪怕我们和旁人交流起来有点磕磕巴巴。我们只是普通人，这，就是我们能带给中国的最重大的信息。

假设你赞同我的说法——再微不足道的日常互动也对了解人性有绝对的助益——那么，进一步推断也说得通了：中西交融的情感关系可谓是终极外交。爱情征服了无知。

然而，就连这层关系也面临重重危机，因为官方统计年鉴中所说的"处于涉外婚姻中的公民"的人数正在减少。事实上，这个数字每年都在下降，2001年有3438宗涉外婚姻，2019年仅有1246宗。在这个Tinder、Bumble和探探唾手可得的时代，我们只须滑动手指，就能比以往任何时候都更容易约会，但我们对彼此的爱却越来越少了。

对大多数中国人来说，春节意味着阖家团圆，但对我来说，春节意味着签证地狱。2005年以来，我每年都要在春节期间横穿上海，到浦东的出入境管理局，恳求批准，让我在这个我称为"家"的国家里多住一年。管控比以往更严了，除了惯常需要的身份证明之外，我还要带上我的公司签署的每一份合同、当年每一笔银行流水和每一笔税单，还要证明我的公司有实体办公室（还真有！），诸如此类。

我在这里的存在被简化为最基本的项目：纳税人。没有人问我有多少中国朋友。我爱过或正在喜爱哪些中国人。遇到盯着我看的小孩子，我会怎么办。或是我为了尽可能了解这个国家，去过多少个省份。没有人知道我的家族曾在北京落地生根，也没有人关心我在上海的生活。没有任何问题涉及我做出了什么贡献——如果有的话，也没有人问我学到了什么。

所以，我的春节长假经常被豪掷在忧虑中，我担心浦东的签证官觉得我尽责缴纳的税太少，或嫌弃我公司的办公室太小，就轻快地盖下拒签的印章，结束我在这个国家将近20年的生活。是的，外籍人士确实可以申请绿卡——堪称外籍人士在华生活的圣杯：政府允许你免签 5 年或 10 年——但门槛很高，我这样的工薪阶层老外是不可能申请到的。首先，我必须证明自己在过去 4 年中缴纳了 48 万元或更多的税，证明我没有换过工作，证明我的驾驶记录是清白的（应该只有一张在浙江的超速罚单），再证明我目前所在的公司支持我申请绿卡。我有一些朋友申请到了，但他们都是有钱的高管。我靠写作为生。除非绿卡申请考试里有关于中国食品秘笈的题目，否则，每到新春佳节我就必定寝食难安，一年比一年焦虑，试图守住我的家。

我琢磨过，我可以和中国公民结婚，但想一想就觉得太功利了（搞不好还是非法的），虽然我是单身，但也不急于投奔第二次婚姻。而且，无论如何，配偶拿的签证是不允许工作的，我也没兴趣当家庭主夫。怎么办……

我还有很多事情要做呢。我去广东，这个我一直忽略的省份待了一星期。结果，我一下子就爱上了顺德的热带风情和沧桑的小巷，爱上了用水牛奶做的双皮奶，还有能容纳 500 人但你仍要等位一小时的大饭店。茂盛的大榕树让我有归家的感觉。一个星期根本不够，我需要几个月。还有潮汕呢，雁江呢。

新会的陈皮，台山的牡蛎。我还想去江西附近的山区、广西西部的村庄，那儿的村民烹饪时会用许多草药。我需要的不是几个月，而是好多年。广东才不过是一个省啊！东北也不算真正去过，我没到过中国与俄罗斯的边界，也没见过黑龙江。没有开车穿过内蒙古平原，也没仰望过西藏高原上的寺庙。我至今仍没有机会去金华，参加以杀猪为始的火腿季盛事，也没去过湖南西部，看当地人如何做腊肉。我得去自贡，好好研究一下食不厌精的高级会馆菜和老百姓烈火猛油菜式的区别。我还得再回一次安徽，拜访猪栏酒吧的阿姨们，再看看灰瓦屋顶的徽式建筑。还有，兰州西部的顶乐拉面学校的那些朋友们怎么样了？还有，江西的 Ed 和 Selina 在乡下造的英式新豪宅如何了？我什么时候才能去福建了解一下客家文化？

不仅仅是我。老朋友们告诉我，一大批老前辈正在纷纷离散。澳大利亚的朋友告诉我，参加商会活动的人数之少刷新了近 20 年来的最低纪录。

这 18 年，我一直很幸运，空降中国的时候刚好国门敞开，给了我这个 24 岁的小厨师一次良机。我飞来的时候对中国一无所知，经过如许多年，现在知道的反倒显得更少了。我是有福气的，因为我主动选择客居此地，而非因战争或经济所迫而被迫离开祖国的难民，也非移民。中国给了我很多收获，远比我应得的多。但我又贪婪又固执，还没玩够呢。还没到我离开的时候。其他外籍友人们可能有他们自己的选择。人数可能会继续缩减。但是，签证官先生，我请求您再给我一些时间。我才刚刚开始啊。

尾声

第一代为上帝而来,从未离开。

到了第二代,儿子们在上帝和中国的问题上都有分歧。

到了第三代,全员离开中国。

到了第四代,全员不再了解中国。

到了第五代,全员不再信上帝。

* * *

为了执行一项宗教使命,海勒姆·哈里森·洛瑞于 1867 年抵达中国,再也没有离开。

他的两个儿子,乔治和爱德华,分道扬镳。乔治继承了父亲的传教事业,成了医生。爱德华离开教会,投身商界。出生于福州、届时 60 岁的乔治于 20 世纪 20 年代离开中国,返居美国。爱德华留在中国,1942 年,可能身为日军战俘在天津去世。

医生乔治的儿子，乔治·哈里森·洛瑞，从小就在北京教会里长大，但因求学而赴美，之后很少再谈及中国。

他的孩子们——玛丽·伊丽莎白·洛瑞、帕特里夏·洛瑞、罗伯特·洛瑞和史蒂文·洛瑞——分散在美国各地。其中之一入了和平队，去往非洲当志愿者，去完成一种非宗教性质的使命。其中两人来过中国。另外两个没有。

然后就是我，离中国最近，但离上帝最远。我继承了洛瑞的血脉，但没有继承这个姓氏。我没有孩子。

* * *

我花了很多时日——往往是每天 12 小时的工作——追寻海勒姆的人生，那些残章碎片大都以电子文档的形式保存于教会的公报、宗教杂志和各种期刊上。那几个星期里，我就坐在上海的家里，不断地阅读教会成员留下的文献资料：关于卫理公会在中国建立传教会的过程以及头几年的艰难处境、早期皈依的信徒、义和团的围攻、教会学校和教会医院最终留存下来的各种史实记载。卫理公会在文档保存方面堪称一丝不苟，包括照片也有副本，多亏了那些数字副本，我才能拼凑出海勒姆在中国生活的大致轮廓。

但还是有空白之处。尽管我可以通过他寄回美国的年度报告、在义和团运动后寄回的情况报告以及一些谈及他的报告知道他完成了哪些教会的工作，但我仍然对海勒姆·哈里森·洛瑞这个人知之甚少。毫无疑问，他在太平洋两岸都写过日记和大量信件，从他的视角记录生活，但时隔150年，私人文件早已杳无踪迹。事实上，在中国生活过的那三代人几乎没留下什么痕迹。洛瑞家族的后裔在网络云端保留了一些家族老照片，些许有关海勒姆的只字片语，除此之外的资料就不多了。整个家族似乎在与海勒姆一起达到顶峰后就悄无声息地消解了。

对一个不那么熟悉中文的西方人来说，用文本去构建北京当时的样貌并不容易。如果没有当年一些教授和家庭主妇写的那么几本书，根本不可能做到。看完那几本史料后，我终于得以一窥百年前的老北京景象，追想当时的氛围，稍稍体会洛瑞一家或许觉得天经地义、无甚奇特的生活环境——老城墙、街上的骆驼、穿着长袍马褂留着长辫子的男人。但我们永远读不到洛瑞亲笔记下的所见所想了。就算他曾费心记下中国的日常生活是什么样的，如今也已散佚尽失。

取而代之的是属于整个家族的记忆，在老照片中点点滴滴地体现出来。我们能看到洛瑞领着一群人穿过卫理公会亚斯立堂外的大院，还能看到他在燕京大学给一班留着辫子的男生讲课。还有动乱后被夷为平地的教堂，遭劫的灾区。还有重建后的教堂。我们还能一瞥他们在北戴河、在西山的度假屋，尽管画面中并未出现哪位家人。

有一天，我在互联网上搜索时看到了关于乔治·洛瑞医生的介绍，他是海勒姆的长子，经历了围城并幸存。那个网页的主题是历史上的军帽收集，其中出现了一顶义和团的帽子。乔治医生的名字就出现在那里。那是义和团运动期间教会的战利品，来自一个死去的义和团成员，不知何故，这顶帽子从洛瑞家族内部流失出去，最终进入了收藏市场。出于好奇，我给网页所有者发了电邮，做了自我介绍，解释了我与洛瑞医生的关系，并告诉他，我想知道要怎样才能赎回这顶帽子。对方很客气，说他可以按照10多年前的价格卖给我，毕竟我和这件旧物有家族渊源，但他没有——报价1000美元。我让他留着它。

还有一次，有个长辈随口提到他还留有一枚奖章，是我们家族从围城那时一代代传下来的。他拍了一张照片，用电邮发给我，果然就是教友们自己设计、打造的纪念章，纪念他们从那场围城中幸存，上面的图案就是那口"国际炮"。

另一个长辈说，他把他继承的中国战利品捐给了洛瑞夫妇的故乡，俄亥俄州的一家博物馆。

除此之外就没有他们的遗物或精神遗产了。

他们的生命痕迹已在世代流转中散失。

* * *

对其他家族成员来说，有一个远赴中国乃至死在中国的祖辈算是奇闻，但与他们在美国的实际生活相去甚远。我对这一点感受更深。

在西安，古城墙让我惊叹，并当即想到海勒姆和他的两个儿子，想到矗立在他们院门外的哈德门，想到北京的古城墙在他们的房舍上投下的影子。走在昔日的上海法租界，也就是我家附近的街区时，我会想，洛瑞家的人在造访上海时有没有走过同样的街道？

我以前常去北京出差，总会找机会去那家教堂看看，在长椅上沉思片刻。那地方给了我一个立足点，一种类似家的归宿感，一种其他事件无法给予的和中国的牵连感。我想知道那些传教士介入了哪些人的生活，他们的后代是否仍然笃信上帝，是否还信奉基督教，甚或还知道一些来自俄亥俄州的年轻夫妇创办的华北传教所的情况。

我会在胡同里游走，张望年轻人在医院门外的商店里试戴眼镜，偷听居民的聊天，试着想象所有曾经在此走过的人们——在这儿还只是地图上的一条沟渠、尚未得名"后沟胡同"之前。

我想与学校里的学生、教堂里的工作人员建立联系，但始终感觉隔阂，有距离，不仅仅是时间上的距离。上一次去亚斯立堂的时候，展板上贴着社会主义核心价值观的宣传海报，还为每一条核心价值观搭配了《圣经》中的引文，作为宗教性的诠释——毫无疑问，这体现了教会的灵活性，也是其保持完整和活力的根源所在。这儿还提供韩语布道。但亚斯立堂的占地面积已大大缩减。

教会的负责人对我很好,但他们没有任何历史文献可以给我看,它们都在20世纪六七十年代的动荡中消失了。没有任何东西可以用来纪念海勒姆、纪念那些牧师,或者说,没什么能让他们乐于和我分享的了。

我给中国朋友们看这些家庭老照片时,他们告诉我,通过一个外国人家庭的眼睛看到自己的往昔是多么苦乐参半的感觉。他们中的大多数人鲜少有祖辈的肖像,祖辈的生活照就更稀罕了,所以他们说,我家这些清朝的黑白照片让他们惊叹不已,又为自家没有任何类似的照片感到伤感。照片是有钱人家有的东西。

洛瑞家族的故事是一个解体的故事,至少从海勒姆·哈里森·洛瑞的角度来看是这样的。他为这个家族开辟了新的分支,前所未有地以中国为基点,以侍奉上帝为根基。他肯定是个倔强又坚强的人,对自己的信仰深信不疑,不仅强大到足以适应外国生活,还能不断发展壮大,用强大的意志和毅力开创一片属于他的新天地。他对自己的事业坚信不疑,以至于会在中国把孩子抚养成人,在教会中培养他们。但即使如此,他也无法说服——也可能该说没有强迫——每一个后代继承他的衣钵。爱德华对自己的人生有所追求,而乔治在退休时选择了离开他出生的国家、毕生事业所在,回归美国的老家。乔治的儿子乔治·哈里森·洛瑞不想与家族传教事业有任何关系,鉴于他成年后的政治局势，就算他想回中国（并没有迹象表明他想回）也回不去。对于他的后代，也就是我所在的那一脉，传教中国的历史就到他为止了。我的母亲、姨妈和舅舅们在成长过程中基本都没有受到这段历史的影响，当他们的父亲在 20 世纪 60 年代去世后，这一脉关联彻底消失。直到我来到这里。

后记

工作日的下午，北京，我坐在祖先建立的教堂里。原有的八角形深色木顶还在，耸升在我的头顶。教堂里万籁俱寂，只有一个女人在前面的长椅上静静地哭。这是我外祖父以及他的祖父每周日做礼拜的地方，他们在中国的生活就是围绕这栋建筑进行的。它看上去依然是 100 年前的照片上的模样。这座教堂是洛瑞家族的传教士们，在一个多世纪前建造并使用的，这儿就是他们的家园。中国，就在厚重的木门外，感觉很遥远。

阳光照亮了朝西的彩色玻璃窗。从我坐的地方看过去，窗上刚好显露出圣母玛利亚从摇篮里抱起小耶稣的画面。

我不知道这个女人为何在此饮泣。我不知道她为什么选中星期四下午来与上帝交心默谈。教堂里的光线暗下来，又随着云层掠过而变亮。风吹过时，屋外大树的沙沙声掩盖了她的哭声。

现在,风静了,蓝衣服的女人也寂静无声了。肯定发生了一些事,但那是她和上帝之间的事。昔日卫理公会的大院里如今尽是新建筑。亚斯立堂的牧师是北京人。他们现在每周一次用朝鲜语为住在首都的东北朝鲜族人传教。传教所用的语言不同了。礼拜堂的力量一如往昔。

每次来到这里,我都会在院子里坐坐,沉浸到那种气氛里,或是赖在昏暗的小教堂里的长椅上,遥想那支早已消失在时光中的传教士队伍,想象他们怎么会用俄亥俄州的生活换取远赴大清帝国的历程,在中国的首都为宗教奉献一生,再想象他们把度假的地点从伊利湖畔改到了北戴河的海边。

有一次,我坐在院子里,和另一个到此闲逛的路人攀谈起来,他听我说了家族往事后,信誓旦旦地说他可以帮我把"祖宅"要回来——当然,要付出一笔代价。当年归属于卫理公会传教所的几处住宅得以保留,还没为北京站西街或火车轨道让路而被拆除——如今,那些火车轨道已以弧线穿过那些旧居的中心地带。

到了 2021 年,还剩两栋房子,空空荡荡,严重失修,只由一名保安看守,他对个中历史一无所知。带有绿色边饰和高耸烟囱的两层楼房矗立在原址上。白色的小楼已失去了原本 A 字形的屋顶,被整体抬起,搬移了几百米,轰然坐落在另一片土地上。它们属于谁?它们会变成什么样子?我遇到的每个人似乎都不知道答案。好几年里,教会里的业余房产经纪人时不时地给我打电话，询问房子的情况。我总是对他说，不是的，那两栋房子不是我的。它们属于过去。随它去吧。

我花了很多时间试图解开我对洛瑞家族的复杂情结。我既感钦佩，又有几分难堪，既有嫉妒，也有别的主观判断，羡慕的同时还有一大堆其他情绪。

海勒姆·洛瑞和我抵达中国时的岁数一模一样，但我们的动机却有着天壤之别。24岁时，他已是退伍军人和牧师，一个有责任感的人，把一生的命运交到上帝手中。他很可能被派往非洲或南美，因为卫理公会在那儿也有许多传教士。但只有去中国，那个时机才算恰到好处。

这个国家——传教士眼中的"头等大奖"，聚集了最多数量的"等待耶稣拯救的灵魂"——刚刚开始向外国传教士开放，哪怕是迫不得已的。毋庸置疑，那必将是一次大冒险，但对于洛瑞夫妇的使命来说，冒险只能算次等体验。

他们一到目的地就着手建立翻版——照着美国的原版，建起他们熟悉的世界：有宽敞门廊、前院草坪的美式住宅，可以进行《圣经》学习的教堂，教会医院和主日学校。从照片看，北京卫理公会大院俨如从俄亥俄州的某个场景中截取出来的，街道宽阔，两层小楼整饬有序。至少在一开始，他们不是因为向往中国而来，而是为了"拯救"中国。

时光荏苒，状况势必有所改变，他们对这个国家的热爱也会随之增长；他们忍受了战乱、疾病、强烈的排外情绪、清帝政府的崩溃，以及个人生活中的种种困难。他们是可以返回美国的。但他们选择了留下，一直坚守到最后。我的祖辈的遗骨就埋在北京的某个地方，在老城墙的西边；埋藏在他们为之奉献一生的城市里。哪怕别人走了，海勒姆和帕提尼娅却永远留在了这里。

我开始自己的冒险时，中国进入了改革开放，那与海勒姆经历的开埠有着本质性的区别。在我到来的前几年，中国加入了世界贸易组织，这一次，这个国家选择了以独立自主的方式与世界其他国家开始交往。中国的经济引力越来越强大，把越来越多的想法、职人和货物从世界各地吸引过来，被引入的外部世界越来越丰富多样。

我对这些浑然不知。我只是喜欢香港就来了。当时我也24岁，生活的首要追求是快乐和冒险，这与海勒姆的责任感截然相反。我很幸运，出生在美国中产阶级家庭，是个持有蓝色护照的白人，就凭这几个因素，我貌似就有了选择的自由。我选择了当厨师，因为我喜欢下厨做美食，而非为了拯救任何人，或让自己的生活有更宏大的意义。要说打仗，我只会在高级餐厅厨房露一手，虽然美国当时正在伊拉克打仗，但我不想和那场战争有任何瓜葛。倒不是说我对美国在中东的军事行动是否公正自有高见，我只是更在意自己，尽可能地保持我的个体自由，所以，我绝对不会选择把生命中宝贵的4年时光献给军队，把我的自由交给冷漠无情的官僚机构。我不希望任何人来告诉我应该做什么。

那时，宗教不在我的生活中，现在也不在，所以我很难理解海勒姆肩负的使命拥有多么伟大的力量。鼓舞他的，是一种远远高于个体的精神力量。与之相比，我的动机就太渺小了。

我想变得与众不同。

我不想在美国郊区过一辈子，哪怕是大城市也不行，不想和别人一样学到同样的技艺，在同样的职业厨师之路上缓慢前行，不想在生活中做出同样的妥协。我认识的老厨师们与妻子的关系都很恶劣，与他们的孩子也没多大关系，因为他们每周只能见到孩子几小时而已。他们会沉迷毒品和酒精，与室友们合住，讨厌在厨房炉子前的工作。

我想离开，哪怕我不确定那可能带来什么样的后果。

我去秘鲁尝试过，但失败了，又去香港试了试，也算是一败涂地，最终，在上海餐饮业繁荣起来的时机下稀里糊涂地到了上海。那时候，我没有计划，没有使命，没有根基，也没有安身立命之处。海勒姆是带着新婚妻子帕提尼娅一起来的。我是独自一人。海勒姆是带着《圣经》和教会的鼎力支持而来的。我带在身边的是一本《孤独星球》（*Lonely Planet*）旅游指南和够活一个月的积蓄。在福州和北京立足的头两年里，海勒姆想必已心如明镜：这就是他此生的使命，值得付出毕生的艰辛。我在中国已经待了将近 20 年，但有些时候，我仍会纳闷自己究竟在这里做什么。我羡慕他有那么坚定的目标。

海勒姆·洛瑞夫妇和整个卫理公会在北京取得的成就让我备感骄傲。他们创建的公益机构——好多学校和医院——拥有长足的生命力,哪怕他们都已离世,这些机构仍在运营。他们为中国做了善事,哪怕当年的中国并不需要他们,他们还是不依不饶地踩着大战的尾巴来到了这个国家。时至今日,看他们写的一些关于中国精神和中国人的文章会觉得有点难以接受,似乎带有一点种族主义,我不喜欢这种感觉,也不予以支持。那和当时的宗教优越感有关。已经过去了整整五代人,这是我虽是传教士的后裔,但我本人完全不信教的原因之一。

相反,我从祖辈在中国的生活中学到的是要谦逊、要见证,要在我的技能允许的范围内帮助他人。当今中国不需要一群奔波的外国人来"拯救"。我来这里并不是为了拯救别人——我至今仍在卖力地学习如何拯救我自己。

附录

Family Album

洛瑞家族保存老照片

海勒姆·哈里森·洛瑞与帕提尼娅在北京。1867年10月，海勒姆带着新婚妻子帕提尼娅来到中国福州，又于1869年春转道烟台抵达北京，在这里一待就是50多年。

海勒姆的儿子、我的外曾祖父乔治·戴维斯·洛瑞医生在他北京的家里。这是一间朝南的房间,总是充满阳光。

洛瑞家族在北京住处前面的合影。中间穿黑色西装的是海勒姆·哈里森·洛瑞，左边穿灰色西装的是乔治·戴维斯·洛瑞。

洛瑞一家在北戴河的夏日时光。海勒姆·哈里森·洛瑞在后排中间，右边那位是乔治·戴维斯·洛瑞。

海勒姆·哈里森·洛瑞在北戴河边。

在卫理公会大院玩耍的孩子。

传教士和孩子们在卫理公会大院的家中。

卫理公会大院。

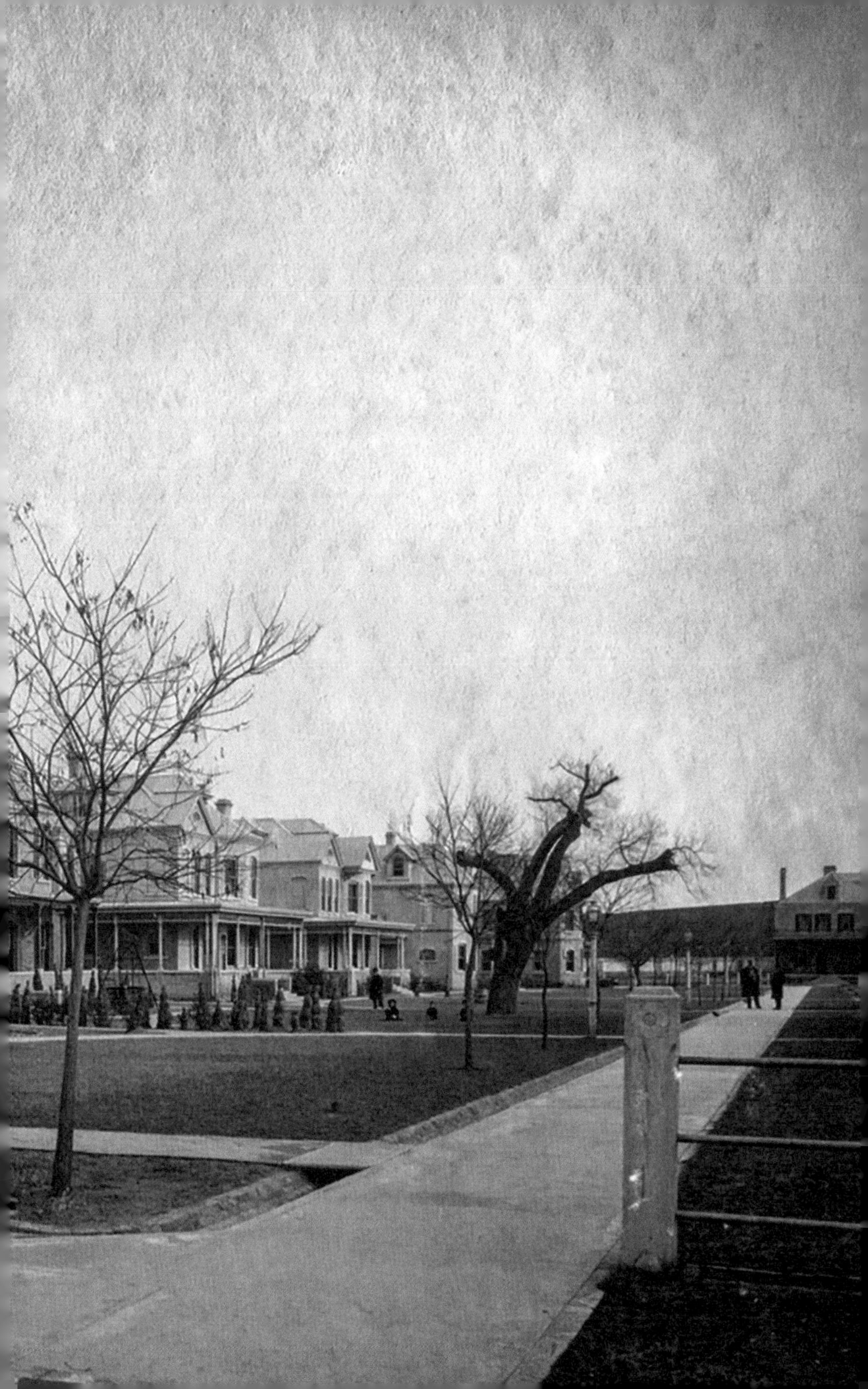

1902年，义和团运动后寻访被毁坏的城墙。巨大，灰色，高高耸立的城墙已经变得破败不堪。

1903年，位于北京哈德门（今崇文门）大街和公使馆街交会处的卫理公会医院（今同仁医院）竣工，美国公使康格与清政府总理衙门代表等到场祝贺。

海勒姆担任校长的汇文大学堂（汇文学校）里学生们上课的情景。

海勒姆在给一班留着辫子的男生讲课。

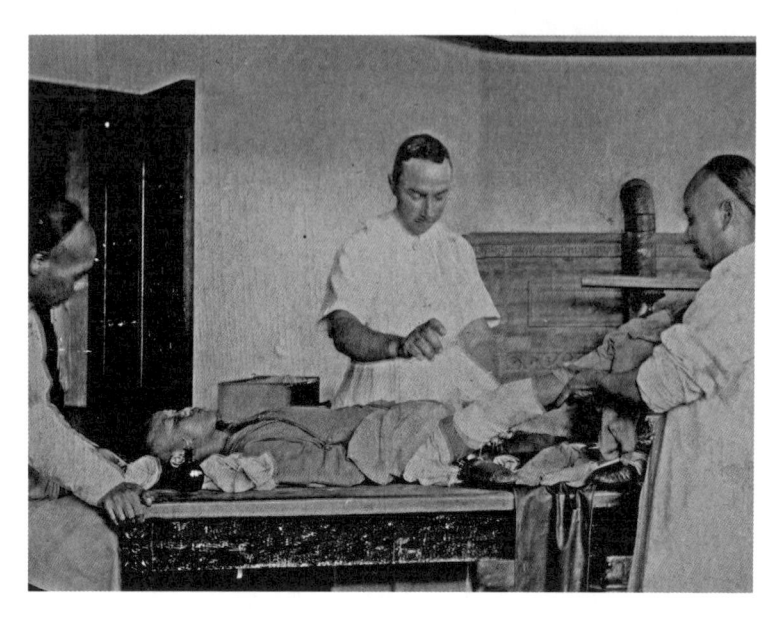

乔治·戴维斯·洛瑞医生在给病人做检查。他在拿到哥伦比亚大学医学学位后回到中国,这一生的大部分时间都是在北京度过的。

卫理公会医院里最早的眼科检查。有位作为医疗传教士来到中国的眼外科医生尼赫迈亚，至今仍在眼科界享有盛名。

在长城上。

图书在版编目(CIP)数据

洋盘：迈阿密青年和上海小笼包 / (美)沈恺伟 (Christopher St. Cavish) 著；于是译 . -- 上海：文汇出版社，2023.10
ISBN 978-7-5496-4048-5

Ⅰ.①洋… Ⅱ.①沈… ②于… Ⅲ.①纪实文学-美国-现代 Ⅳ.①I712.55

中国国家版本馆 CIP 数据核字 (2023) 第 155996 号

洋盘：迈阿密青年和上海小笼包

作　　者／	〔美〕沈恺伟
译　　者／	于　是
责任编辑／	苏　菲
特邀编辑／	赵丽苗　秦　薇
装帧设计／	尚燕平
封面摄影／	Elsa Bouillot
出　　版／	文匯出版社
	上海市威海路 755 号
	（邮政编码 200041）
发　　行／	新经典发行有限公司
电　　话／	010-68423599　邮　箱／ editor@readinglife.com
印刷装订／	河北鹏润印刷有限公司
版　　次／	2023 年 10 月第 1 版
印　　次／	2023 年 10 月第 1 次印刷
开　　本／	850×1168　1/32
字　　数／	180 千
印　　张／	9.5

ISBN 978-7-5496-4048-5
定　　价／　69.00 元

敬启读者，如发现本书有印装质量问题，请与发行方联系。